給青少年的 36 堂

大師閱讀課

蟲洞書簡

魯迅、周作人、郁達夫、老舍、蕭紅、朱自清……
十八位現代文學大家的經典之作，暢談時代情懷與文化哲思

樂律大語文 著

「我於這種時候深感到蕭瑟的詩趣，
常獨自撥劃著爐灰，不肯就睡，
把自己擬諸山水畫中的人物，作種種幽邈的遐想。」

自然書寫　四季感懷　生命哲思　故時舊憶
文學名家的經典選錄，品味現代文學經典的情懷韻味

目 錄

- 005　編前語
- 007　第一章　世間真情
- 045　第二章　美好回憶
- 069　第三章　生活點滴
- 097　第四章　四季更替
- 117　第五章　山河湖海
- 141　第六章　自然現象
- 169　第七章　花草果蔬
- 185　第八章　可愛動物

目錄

編前語

　　文學經典是人類文化的寶庫，閱讀大師的經典作品可以拓展學生們的知識面和視野，培養學生們的語文素養，增進學生們的教育程度，為學生們的寫作奠定一個良好的基礎。

　　本書所選取的文章，皆是文學名家的經典之作，旨在為學生們呈現精湛的文學作品。在這本書中，學生們可以看到大師們運用託物言志、借景抒情等高超的寫作技法，也可以看到大師們的內心情感和深刻思考。大師們以高超的語言技巧敘述故事，流露真情，每一篇文章都蘊含了深刻的道理，包含著豐富的文化內涵。文中大師級的寫作手法，具有啟示性的觀點和精彩絕倫的表達，使學生們可以在閱讀之後有更深刻的思想啟示和心靈感悟。

　　結構上，本書主要圍繞日常生活，選取情感、自然、生活等類別的文章，不僅可以引起學生們的共鳴，還能為學生們提供多樣化的閱讀寫作主題參考，也契合國高中考試閱讀及寫作範圍，幫助學生們在日常閱讀中累積素材，拓展視野。

編前語

　　為了尊重作家原著，我們保留了原文中字詞和標點等的使用習慣，最大程度上保留了作品的原汁原味。青少年讀者在閱讀大師文章的過程中，要注意一些字詞上的區別，重在理解作者所表達的情感，學習作者的寫作技巧和方法，領略作品的深刻內涵。

　　在本書中，學生們可以感受到文學在歷史長河中的積澱，體會大師們的趣味人生和豐盈充沛的精神世界，而這些價值觀和精神境界，正是我們應該堅持和傳承的寶貴財富。

　　最後，希望本書可以讓學生們更容易理解和感受這個時期的文學精華，激發學生們對於寫作的興趣，幫助學生們提高寫作技能和素養，啟發學生們追求文化的自信，放飛文學夢想的翅膀。

第一章　世間真情

> 如果我學得了一絲一毫的好脾氣,如果我學得了一點點待人接物的和氣,如果我能寬恕人,體諒人 —— 我都得感謝我的慈母。

第一章　世間真情

我的母親

胡適

　　我小時身體弱,不能跟著野蠻的孩子們一塊兒玩。我母親也不准我和他們亂跑亂跳。小時不曾養成活潑遊戲的習慣,無論在什麼地方,我總是文縐縐的。所以家鄉老輩都說我「像個先生樣子」,遂叫我做「穈先生」。這個綽號叫出去之後,人都知道三先生的小兒子叫做穈先生了,既有「先生」之名,我不能不裝出點「先生」樣子,更不能跟著頑童們「野」了。有一天,我在我家八字門口和一班孩子「擲銅錢」,一位老輩走過,見了我,笑道:「穈先生也擲銅錢嗎?」我聽了羞愧得面紅耳熱,覺得太失了「先生」的身分!

　　大人們鼓勵我裝先生樣子,我也沒有嬉戲的能力和習慣,又因為我確是喜歡看書,所以我一生可算是不曾享過兒童遊戲的生活。每年秋天,我的庶祖母跟我到田裡去「監割」(頂好的田,水旱無憂,收成最好,佃戶每約田主來監割,打下穀子,兩家平分),我總是坐在小樹下看小說。十一二歲時,我稍活潑一點,居然和一群同學組織了一個戲劇班,做了一些木刀竹槍,借得了幾副假鬍鬚,就在村口田裡做戲。我做的往往是諸葛亮、劉備一類的文角兒;只有一次我做史文恭,被花榮

一箭從椅子上射倒下去,這算是我最活潑的玩藝兒了。

我在這九年(1895-1904)之中,只學得了讀書寫字兩件事。在文字和思想(看文章)的方面,不能不算是打了一點底子。但別的方面都沒有發展的機會。有一次我們村裡「當朋」(八都凡五村,稱為「五朋」,每年一村輪著做太子會,名為「當朋」),籌備太子會,有人提議要派我加入前村的崑腔隊學習吹笙或吹笛。族裡長輩反對,說我年紀太小,不能跟著太子會走遍五朋。於是我便失掉了這學習音樂的唯一機會。三十年來,我不曾拿過樂器,也全不懂音樂;究竟我有沒有一點學音樂的天資,我至今還不知道。至於學圖畫,更是不可能的事。我常常用竹紙蒙在小說書的石印繪像上,摹畫書上的英雄美人。有一天,被先生看見了,捱了一頓大罵,抽屜裡的圖畫都被搜出撕毀了。於是我又失掉了學做畫家的機會。

但這九年的生活,除了讀書看書之外,究竟給了我一點做人的訓練。在這一點上,我的恩師就是我的慈母。

每天天剛亮時,我母親就把我喊醒,叫我披衣坐起。我從不知道她醒來坐了多久了。她看我清醒了,才對我說昨天我做錯了什麼事,說錯了什麼話,要我認錯,要我用功讀書。有時候她對我說父親的種種好處,她說:「你總要踏上你老子的腳步。我一生只曉得這一個完全的人,你要學他,不要跌他的股。」(跌股便是丟臉,出醜。)她說到傷心處,往往掉下淚來。到天大明時,她才把我的衣服穿好,催我去上早學。學堂門上的鎖匙放在先生家裡;我先到學堂門口一望,

第一章　世間真情

便跑到先生家裡去敲門。先生家裡有人把鎖匙從門縫裡遞出來，我拿了跑回去，開了門，坐下念生書。十天之中，總有八九天我是第一個去開學堂門的。等到先生來了，我背了生書，才回家吃早飯。

我母親管束我最嚴。她是慈母兼嚴父。但她從來不在別人面前罵我一句，打我一下。我做錯了事，她只對我一望，我看見了她的嚴厲眼光，便嚇住了。犯的事小，她等到第二天早晨我睡醒時才教訓我。犯的事大，她等到晚上人靜時，關了房門，先責備我，然後行罰，或罰跪，或擰我的肉，無論怎樣重罰，總不許我哭出聲音來。她教訓兒子不是藉此出氣叫別人聽的。

有一個初秋的傍晚，我吃了晚飯，在門口玩，身上只穿著一件單背心。這時候我母親的妹子玉英姨母在我家住，她怕我冷了，拿了一件小衫出來叫我穿上。我不肯穿，她說：「穿上吧，涼了。」我隨口回答：「娘（涼）什麼！老子都不老子呀。」我剛說了這句話，一抬頭，看見母親從家裡走出，我趕快把小衫穿上。但她已聽見這句輕薄的話了。晚上人靜後，她罰我跪下，重重地責罰了一頓。她說：「你沒了老子，是多麼得意的事！好用來說嘴！」她氣得坐著發抖，也不許我上床去睡。我跪著哭，用手擦眼淚，不知擦進了什麼黴菌，後來足足害了一年多的眼翳病。醫來醫去，總醫不好。我母親心裡又悔又急，聽說眼翳可以用舌頭舔去，有一夜她把我叫醒，真用舌頭舔我的病眼。這是我的嚴師，我的慈母。

我母親二十三歲做了寡婦，又是當家的後母。這種生活的痛苦，我的笨筆寫不出萬分之一二。家中財政本不寬裕，全靠二哥在上海經營排程。大哥從小便是敗子，吸鴉片煙，賭博，錢到手就光，光了便回家打主意，見了香爐便拿出去賣，撈著錫茶壺便拿出去押。我母親幾次邀了本家長輩來，給他定下每月用費的數目。但他總不夠用，到處都欠下煙債賭債。每年除夕我家中總有一大群討債的，每人一盞燈籠，坐在大廳上不肯去。大哥早已避出去了。大廳的兩排椅子上滿滿的都是燈籠和債主。我母親走進走出，料理年夜飯，謝灶神，壓歲錢等事，只當做不曾看見這一群人。到了近半夜，快要「封門」了，我母親才走後門出去，央一位鄰舍本家到我家來，每一家債戶開發一點錢。做好做歹的，這一群討債的才一個一個提著燈籠走出去。一會兒，大哥敲門回來了。我母親從不罵他一句，並且因為是新年，她臉上從不露出一點怒色。這樣的過年，我過了六七次。

大嫂是個最無能而又最不懂事的人，二嫂是個很能幹而氣量很窄小的人。她們常常鬧意見，只因為我母親的和氣榜樣，她們還不曾有公然相罵相打的事。她們鬧事時，只是不說話，不答話，把臉放下來，叫人難看；二嫂生氣時，臉色變青，更是怕人。她們對我母親鬧氣時，也是如此。我起初全不懂得這一套，後來也漸漸懂得看人的臉色了。我漸漸明白，世間最可厭惡的事莫如一張生氣的臉；世間最下流的事莫如把生氣的臉擺給旁人看。這比打罵更難受。

第一章　世間真情

　　我母親的氣量大，性子好，又因為做了後母後婆，她更事事留心，事事格外容忍。大哥的女兒比我只小一歲，她的飲食衣服總是和我的一樣。我和她有小爭執，總是我吃虧，母親總是責備我，要我事事讓她。後來大嫂二嫂都生了兒子了，她們生氣時便打罵孩子來出氣，一面打，一面用尖刻有刺的話罵給別人聽。我母親只裝做沒聽見。有時候，她實在忍不住了，便悄悄走出門去，或到左鄰立大嫂家去坐一會，或走後門到後鄰度嫂家去閒談。她從不和兩個嫂子吵一句嘴。

　　每個嫂子一生氣，往往十天半個月不歇，天天走進走出，板著臉，咬著嘴，打罵小孩子出氣。我母親只忍耐著，忍到實在不可再忍的一天，她也有她的法子。這一天的天明時，她便不起床，輕輕地哭一場。她不罵一個人，只哭她的丈夫，哭她自己命苦，留不住她丈夫來照管她。她先哭時，聲音很低，漸漸哭出聲來。我醒了起來勸她，她不肯住。這時候，我總聽得見前堂（二嫂住前堂東房）或後堂（大嫂住後堂西房）有一扇房門開了，一個嫂子走出房向廚房走去。不多一會，那位嫂子來敲我們的房門了。我開了房門，她走進來，捧著一碗熱茶，送到我母親床前，勸她止哭，請她喝口熱茶。我母親慢慢止住哭聲，伸手接了茶碗。那位嫂子站著勸一會，才退出去，沒有一句話提到什麼人，也沒有一個字提到這十天半個月來的氣臉，然而各人心裡明白，泡茶進來的嫂子總是那十天半個月來鬧氣的人。奇怪得很，這一哭之後，至少有一兩個月的太平清淨日子。

我母親待人最仁慈，最溫和，從來沒有一句傷人感情的話。但她有時候也很有剛氣，不受一點人格上的侮辱。我家五叔是個無正業的浪人，有一天在煙館裡發牢騷，說我母親家中有事總請某人幫忙，大概總有什麼好處給他。這句話傳到了我母親耳朵裡，她氣得大哭，請了幾位本家來，把五叔喊來，她當面質問他，她給了某人什麼好處。直到五叔當眾認錯賠罪，她才罷休。

　　我在我母親的教訓之下住了九年，受了她極大極深的影響。我十四歲（其實只有十二歲零兩三個月）便離開她了，在這廣漠的人海裡獨自混了二十多年，沒有一個人管束過我。如果我學得了一絲一毫的好脾氣，如果我學得了一點點待人接物的和氣，如果我能寬恕人，體諒人──我都得感謝我的慈母。

作者簡介

　　胡適，原名嗣穈，字希疆，學名洪騂，後改名適，字適之。中國現代思想家、文學家、哲學家。以倡導「白話文、領導新文化運動」聞名於世。主要作品有《中國哲學史大綱》（上）、《嘗試集》、《白話文學史》（上）和《胡適文存》（四集）等。

第一章　世間真情

作品賞析

　　本文寫了作者如何在母親的嚴厲與慈愛的教導中成長的往事，字裡行間透露出了母親在不易的生活中，對作者深深的愛和嚴格的教育。作者一旦做出不好的行為，母親便會嚴厲管教，按錯誤大小做不同的處理。母親的慈愛，一方面展現在對作者無微不至的照顧；另一方面也體現在母親對作者的督促與教誨，希望作者長大後像父親一樣是一個「完全的人」。母親對作者的影響，還來自於母親的為人處世，她待人仁慈溫和，不說傷感情的話，但「有時候也很有剛氣，不受一點人格上的侮辱」。母親的這些品格，讓作者在今後的人生中，多了一些正氣和接人待物的和氣。

必背金句

　　我母親管束我最嚴。她是慈母兼嚴父。但她從來不在別人面前罵我一句，打我一下。我做錯了事，她只對我一望，我看見了她的嚴厲眼光，便嚇住了。

　　在這廣漠的人海裡獨自混了二十多年，沒有一個人管束過我。如果我學得了一絲一毫的好脾氣，如果我學得了一點點待人接物的和氣，如果我能寬恕人，體諒人 —— 我都得感謝我的慈母。

父親的病

魯迅

大約十多年前罷,S城中曾經盛傳過一個名醫的故事:

他出診原來是一元四,特拔[01]十元,深夜加倍,出城又加倍。有一夜,一家城外人家的閨女生急病,來請他了,因為他其時已經闊得不耐煩,便非一百元不去。他們只得都依他。待去時,卻只是草草地一看,說道「不要緊的」,開一張方,拿了一百元就走。那病家似乎很有錢,第二天又來請了。他一到門,只見主人笑面承迎,道:「昨晚服了先生的藥,好得多了,所以再請你來複診一回。」仍舊引到房裡,老媽子便將病人的手拉出帳外來。他一按,冷冰冰的,也沒有脈,於是點點頭道:「唔,這病我明白了。」從從容容走到桌前,取了藥方紙,提筆寫道:

「憑票付英洋[02]一百元正。」下面是署名,畫押。

「先生,這病看來很不輕了,用藥怕還得重一點罷。」主人在背後說。

「可以。」他說。於是另開了一張方:

---

[01] 特拔:舊時指醫生的特別出診。
[02] 英洋:即鷹洋。舊時來自墨西哥的一種銀圓。「鴉片戰爭」後曾大量流入中國。

第一章　世間真情

「憑票付英洋貳百元正。」下面仍是署名，畫押。

這樣，主人就收了藥方，很客氣地送他出來了。

我曾經和這名醫周旋過兩整年，因為他隔日一回，來診我的父親的病。那時雖然已經很有名，但還不至於闊得這樣不耐煩，可是診金卻已經是一元四角。現在的都市上，診金一次十元並不算奇，可是那時是一元四角已是鉅款，很不容易張羅的了，又何況是隔日一次。他大概的確有些特別，據輿論說，用藥就與眾不同。我不知道藥品，所覺得的，就是「藥引」的難得，新方一換，就得忙一大場。先買藥，再尋藥引。「生薑」兩片，竹葉十片去尖，他是不用的了。起碼是蘆根，須到河邊去掘；一到經霜三年的甘蔗，便至少也得搜尋兩三天。可是說也奇怪，大約後來總沒有購求不到的。

據輿論說，神妙就在這地方。先前有一個病人，百藥無效，待到遇見了什麼葉天士先生，只在舊方上加了一味藥引「梧桐葉」。只一服，便霍然而癒了。「醫者，意也。」其時是秋天，而梧桐先知秋氣。其先百藥不投，今以秋氣動之，以氣感氣，所以⋯⋯我雖然並不瞭然，但也十分佩服，知道凡有靈藥，一定是很不容易得到的，求仙的人，甚至於還要拚了性命，跑進深山裡去採呢。

這樣有兩年，漸漸地熟識，幾乎是朋友了。父親的水腫是逐日厲害，將要不能起床；我對於經霜三年的甘蔗之流也逐漸失了信仰，採辦藥引似乎再沒有先前一般踴躍了。正在這時候，他有一天來診，問過病狀，便極其誠懇地說：

「我所有的學問,都用盡了。這裡還有一位陳蓮河先生,本領比我高。我薦他來看一看,我可以寫一封信。可是,病是不要緊的,不過經他的手,可以格外好得快……」

這一天似乎大家都有些不歡,仍然由我恭敬地送他上轎。進來時,看見父親的臉色很異樣,和大家談論,大意是說自己的病大概沒有希望的了;他因為看了兩年,毫無效驗,臉又太熟了,未免有些難以為情,所以等到危急時候,便薦一個生手自代,和自己完全脫了關係。但另外有什麼法子呢?本城的名醫,除他之外,實在也只有一個陳蓮河了。明天就請陳蓮河。

陳蓮河的診金也是一元四角。但前回的名醫的臉是圓而胖的,他卻長而胖了:這一點頗不同。還有用藥也不同,前回的名醫是一個人還可以辦的,這一回卻是一個人有些辦不妥帖了,因為他一張藥方上,總兼有一種特別的丸散和一種奇特的藥引。

蘆根和經霜三年的甘蔗,他就從來沒有用過。最平常的是「蟋蟀一對」,旁註小字道:「要原配,即本在一窠中者。」似乎昆蟲也要貞節,續絃或再醮,連做藥資格也喪失了。但這差使在我並不為難,走進百草園,十對也容易得,將牠們用線一縛,活活地擲入沸湯中完事。然而還有「平地木十株」呢,這可誰也不知道是什麼東西了,問藥店,問鄉下人,問賣草藥的,問老年人,問讀書人,問木匠,都只是搖搖頭,臨末才記起了那遠房的叔祖,愛種一點花木的老人,跑去一

第一章　世間真情

問,他果然知道,是生在山中樹下的一種小樹,能結紅子如小珊瑚珠的,普通都稱為「老弗大」。

「踏破鐵鞋無覓處,得來全不費工夫。」藥引尋到了,然而還有一種特別的丸藥:敗鼓皮丸。這「敗鼓皮丸」就是用打破的舊鼓皮做成,水腫一名鼓脹,一用打破的鼓皮自然就可以克伏他。清朝的剛毅因為憎恨「洋鬼子」,預備打他們,練了些兵稱作「虎神營」,取虎能食羊,神能伏鬼的意思,也就是這道理。可惜這一種神藥,全城中只有一家出售的,離我家就有五里,但這卻不像平地木那樣,必須暗中摸索了,陳蓮河先生開方之後,就懇切詳細地給我們說明。

「我有一種丹,」有一回陳蓮河先生說,「點在舌上,我想一定可以見效。因為舌乃心之靈苗……價錢也並不貴,只要兩塊錢一盒……」

我父親沉思了一會,搖搖頭。

「我這樣用藥還會不大見效,」有一回陳蓮河先生又說,「我想,可以請人看一看,可有什麼冤愆(ㄑㄧㄢ)[03]……醫能醫病,不能醫命,對不對?自然,這也許是前世的事……」

我的父親沉思了一會,搖搖頭。

凡國手,都能夠起死回生的,我們走過醫生的門前,常可以看見這樣的匾額。現在是讓步一點了,連醫生自己也說

---

[03] 冤愆:迷信說法,冤鬼作祟,要求償債索命之類。

道：「西醫長於外科，中醫長於內科。」但是 S 城那時不但沒有西醫，並且誰也還沒有想到天下有所謂西醫，因此無論什麼，都只能由軒轅岐伯[04]的嫡派門徒包辦。軒轅時候是巫醫不分的，所以直到現在，他的門徒就還見鬼，而且覺得「舌乃心之靈苗」。這就是中國人的「命」，連名醫也無從醫治的。

不肯用靈丹點在舌頭上，又想不出「冤愆」來，自然，單吃了一百多天的「敗鼓皮丸」有什麼用呢？依然打不破水腫，父親終於躺在床上喘氣了。還請一回陳蓮河先生，這回是特拔，大洋十元。他仍舊泰然地開了一張方，但已停止敗鼓皮丸不用，藥引也不很神妙了，所以只消半天，藥就煎好，灌下去，卻從口角上回了出來。

從此我便不再和陳蓮河先生周旋，只在街上有時看見他坐在三名轎伕的快轎裡飛一般抬過。聽說他現在還康健，一面行醫，一面還做中醫什麼學報，正在和只長於外科的西醫奮鬥哩。

中西的思想確乎有一點不同。聽說中國的孝子們，一到將要「罪孽深重禍延父母」的時候，就買幾斤人參，煎湯灌下去，希望父母多喘幾天氣，即使半天也好。我的一位教醫學的先生卻教給我醫生的職務道：可醫的應該給他醫治，不可醫的應該給他死得沒有痛苦——但這先生自然是西醫。

父親的喘氣頗長久，連我也聽得很吃力，然而誰也不能幫助他。我有時竟至於電光一閃似的想道：「還是快一點喘完

---

[04]　軒轅岐伯：皇帝軒轅氏與其臣岐伯。他們被視作中國醫藥的始祖。

第一章　世間真情

了罷……」立刻覺得這思想就不該，就是犯了罪；但同時又覺得這思想實在是正當的，我很愛我的父親。便是現在，也還是這樣想。

早晨，住在一門裡的衍太太進來了。她是一個精通禮節的婦人，說我們不應該空等著。於是給他換衣服，又將紙錠和一種什麼《高王經》燒成灰，用紙包了給他捏在拳頭裡……

「叫呀，你父親要斷氣了。快叫呀！」衍太太說。

「父親！父親！」我就叫起來。

「大聲！他聽不見。還不快叫？！」

「父親！！！父親！！！」

他已經平靜下去的臉，忽然緊張了，將眼微微一睜，彷彿有一些苦痛。

「叫呀！快叫呀！」她催促說。

「父親！！！」

「什麼呢？……不要嚷……不……」他低低地說，又較急地喘著氣，好一會，這才復了原狀，平靜下去了。

「父親！！！」我還叫他，一直到他嚥了氣。

我現在還聽到那時的自己的這聲音，每聽到時，就覺得這卻是我對於父親的最大的錯處。

作者簡介

魯迅，原名周樟壽，後改名周樹人，原字豫山，後改豫才。中國現代文學的奠基人，著名文學家、思想家、革命家，新文化運動的重要參與者。主要作品有小說集《吶喊》、《徬徨》、《故事新編》；散文集《朝花夕拾》；散文詩集《野草》等。

作品賞析

本文寫的是作者回憶父親生病，家裡請醫生給父親治病的經歷。文章中依次描述了幾位「名醫」的醫病態度、作風、治療方式等，表達了作者對庸醫誤人的痛恨，和對父親的不捨與愧疚。父親生病後，醫生所開的各種新奇難尋卻無效用的「藥引」，讓作者漸漸明白：所謂的「名醫」、「神醫」，不過都是故弄玄虛的庸醫。給父親醫病的經歷促使作者走上學習西醫的道路。本文敘述自然流暢，融入大量描寫、抒情和議論，令讀者對作者的經歷感同身受。

必背金句

中西的思想確乎有一點不同。聽說中國的孝子們，一到將要「罪孽深重禍延父母」的時候，就買幾斤人蔘，煎湯灌下

第一章　世間真情

去,希望父母多喘幾天氣,即使半天也好。我的一位教醫學的先生卻教給我醫生的職務道:可醫的應該給他醫治,不可醫的應該給他死得沒有痛苦——但這先生自然是西醫。

　　我現在還聽到那時的自己的這聲音,每聽到時,就覺得這卻是我對於父親的最大的錯處。

我所景仰的蔡先生之風格[05]

傅斯年

　　凡認識蔡先生的，總知道蔡先生寬以容眾；受教久的，更知道蔡先生的脾氣，不嚴責人，並且不濫獎人，不像有一種人的脾氣，稱揚則上天，貶責則入地。但少人知道，蔡先生有時也很嚴詞責人。我以受師訓備僚屬[06]有二十五年之長久，頗見到蔡先生生氣責人的事。他人的事我不敢說，說和我有關的。

　　（一）蔡先生到北大的第一年中，有一個同學，長成一副小官僚的面孔，又做些不滿人意的事，於是同學某某在西齋（寄宿舍之一）壁上貼了一張「討伐」的告示；兩天之內，滿牆上出了無窮的匿名檔案，把這個同學罵了個「不亦樂乎」。其中也有我的一件，因為我也極討厭此人，而我的匿名揭帖[07]之中，表面上都是替此君抱不平，深的語意，卻是挖苦他。為同學們賞識，在其上濃圈密點，批評狼藉。這是一時學校中的大笑話。過了幾天，蔡先生在一大會中演說，最後說到

---

[05]　本文有刪減。
[06]　為主官配置預備一些僚屬小吏。此處指身作為蔡元培先生的下屬和助手。
[07]　揭帖：古時監察部門長官揭發不法官吏的一種文書；也指舊時張貼的啟事、文告（多指私人的）。

第一章　世間真情

此事，大意是說：諸位在牆壁上攻擊 D 君的事，是不合做人的道理。諸君對 D 君有不滿，可以規勸，這是同學的友誼。若以為不可規勸，儘可對學校當局說。這才是正當的辦法。至於匿名揭帖，受之者縱有過，也決不易改悔，而施之者則為喪失品性之開端。凡作此事者，以後都要痛改前非，否則這種行動，必是品性沉淪之漸。

這一篇話，在我心中生了一個大擺動。我小時，有一位先生教我「正心」、「誠意」[08]、「不欺暗室」[09]，雖然《大學》唸得滾熟，卻與和尚唸經一樣，毫無知覺；受了此番教訓，方才大徹大悟，從此做事，決不匿名，決不推自己責任。大家聽蔡先生這一段話之後印象如何，我不得知，北大的匿名「壁報文學」從此減少，幾至絕了跡。

（二）蔡先生第二次遊德國時，大約是在民國十三年吧，那時候我也是在柏林。蔡先生到後，我們幾個同學自告奮勇照料先生，凡在我的一份中，無事不辦了一個稀糟。我自己自然覺得非常慚愧，但蔡先生從無一毫責備。有一次，一個同學給蔡先生一個電報，說是要從萊比錫來看蔡先生。這個同學出名的性情荒謬，一面痛罵，一面要錢，我以為他此行必是來要錢，而蔡先生正是窮得不得了，所以與三四同學主張去電謝絕他，以此意陳告先生。先生沉吟一下說：「《論語》上有幾句話，『與其進也，不與其退也，唯何甚？人潔己以

---

[08] 正心、誠意：出自《大學》。「正心」，指端正心思；「誠意」，指意念真誠。
[09] 不欺暗室：指不在暗處傷人。

進，與其潔也，不保其往也。」[10]。你說他無聊，但這樣拒人於千里之外，他能改了他的無聊嗎？」

於是我又知道讀《論語》是要這樣讀的。

（三）北伐勝利之後，我們的興致很高。有一天在先生家中吃飯，有幾個同學都喝醉了酒，蔡先生喝得更多，不記得如何說起，說到後來我便肆口亂說了。我說：「我們國家整好了，不特要滅了日本小鬼，就是西洋鬼子，也要把他趕出蘇伊士運河以西，自北冰洋至南冰洋，除印度、波斯、土耳其以外，都要『郡縣之』。」蔡先生聽到這裡，不耐煩了，說：「這除非你做大將。」蔡先生說時，聲色俱厲，我的酒意也便醒了。

此外如此類者尚多，或牽連他人，或言之太長，姑不提。即此三事，已足證先生責人之態度是如何誠懇而嚴肅的，如何詞近而旨遠的。

作者簡介

傅斯年，初字夢簪，字孟真。著名歷史學家，古典文學研究專家，教育家。五四運動學生領袖之一、中央研究院歷史語言研究所創辦者。主要作品有《傅孟真先生集》、《東北史綱》、《性命古訓辨證》等。

---

[10] 語出《論語‧述而第七》。意思是，贊成他的進步，不贊成他的退步，何必做得太過分呢？人家潔身而來，就應該贊成他的自潔，不要老追究他過去的事。與，肯定、贊成。

作品賞析

本文透過三件小事,用語言描寫和側面烘托的手法,刻劃了一個全面、立體、真實的先生形象。第一件事表現了蔡元培先生光明磊落的美德;第二件事表現了蔡元培先生公正待人的品格;第三件事表現了蔡元培先生正直嚴謹的態度。整篇文章充滿了作者對蔡元培先生的尊重和敬仰之情。

必背金句

凡認識蔡先生的,總知道蔡先生寬以容眾;受教久的,更知道蔡先生的脾氣,不嚴責人,並且不濫獎人,不像有一種人的脾氣,稱揚則上天,貶責則入地。

雖然《大學》唸得滾熟,卻與和尚唸經一樣,毫無知覺;受了此番教訓,方才大徹大悟,從此做事,決不匿名,決不推自己責任。

悼志摩

林徽因

十一月十九日，我們的好朋友，許多人都愛戴的新詩人，徐志摩突兀的，不可信的，殘酷的，在飛機上遇險而死去。這消息在二十日的早上像一根針灸猛觸到許多朋友的心上，頓使那一早的天墨一般地昏黑，哀慟的咽哽鎖住每一個人的嗓子。

志摩……死……誰曾將這兩個句子聯在一處想過！他是那樣活潑的一個人，那樣剛剛站在壯年的頂峰上的一個人。朋友們常常驚訝他的活動，他那像小孩般的精神和認真，誰又會想到他死？

突然的，他闖出我們這共同的世界，沉入永遠的靜寂，不給我們一點預告，一點準備，或是一個最後希望的餘地。這種幾乎近於忍心的決絕，那一天不知震麻了多少朋友的心？現在那不能否認的事實，仍然無情地擋住我們前面。任憑我們多苦楚地哀悼他的慘死，多迫切地希冀能夠仍然接觸到他原來的音容，事實是不會為體貼我們這悲念而有些須更改；而他也再不會為不忍我們這傷悼而有些須活動的可能！這難堪的永遠靜寂和消沉便是死的最殘酷處。

第一章　世間真情

　　我們不迷信的,沒有宗教的望著這死的帷幕,更是絲毫沒有把握。張開口我們不會呼籲,閉上眼不會入夢,徘徊在理智和情感的邊沿,我們不能預期後會,對這死,我們只是永遠發怔,吞嚥枯澀的淚,待時間來剝削著哀慟的尖銳,痂結我們每次悲悼的創傷。那一天下午初得到消息的許多朋友不是全跑到胡適之先生家裡麼?但是除去拭淚相對,默然圍坐外,誰也沒有主意,誰也不知有什麼話說,對這死!

　　誰也沒有主意,誰也沒有話說!事實不容我們安插任何的希望,情感不容我們不傷悼這突兀的不幸,理智又不容我們有超自然的幻想!默然相對,默然圍坐……而志摩則仍是死去沒有回頭,沒有音訊,永遠地不會回頭,永遠地不會再有音訊。

　　我們中間沒有絕對信命運之說的,但是對著這不測的人生,誰不感到驚異,對著那許多事實的痕跡又如何不感到人力的脆弱,智慧的有限。世事盡有定數?世事盡是偶然?對這永遠的疑問我們什麼時候能有完全的把握?

　　在我們前邊展開的只是一堆堅實的事實:

　　「是的,他十九晨有電報來給我……

　　「十九早晨,是的!說下午三點準到南苑,派車接……

　　「電報是九時從南京飛機場發出的……

　　「剛是他開始飛行以後所發……

　　「派車接去了,等到四點半……說飛機沒有到……

「沒有到……航空公司說濟南有霧……很大……」只是一個鐘頭的差別；下午三時到南苑，濟南有霧！誰相信就是這一個鐘頭中便可以有這麼不同事實的發生，志摩，我的朋友！

他離平的前一晚我仍見到，那時候他還不知道他次晨南旅的，飛機改期過三次，他曾說如果再改下去，他便不走了的。我和他同由一個茶會出來，在總布衚衕口分手。在這茶會裡我們請的是為太平洋會議來的一個柏雷博士，因為他是志摩生平最愛慕的女作家曼殊斐兒的姊丈，志摩十分的殷勤；希望可以再從柏雷口中得些關於曼殊斐兒早年的影子，只因限於時間，我們茶後匆匆地便散了。晚上我有約會出去了，回來時很晚，聽差說他又來過，適遇我們夫婦剛走，他自己坐了一會兒，喝了一壺茶，在桌上寫了些字便走了。我到桌上一看：──

「定明早六時飛行，此去存亡不卜……」我怔住了，心中一陣不痛快，卻忙給他一個電話。

「妳放心，」他說，「很穩當的，我還要留著生命看更偉大的事蹟呢，哪能便死？……」

話雖是這樣說，他卻是已經死了整兩週了！

凡是志摩的朋友，我相信全懂得，死去他這樣一個朋友是怎麼一回事！

現在這事實一天比一天更結實，更固定，更不容否認。志摩是死了，這個簡單殘酷的實際早又添上時間的色彩，一週，兩週，一直的增長下去……

第一章　世間真情

　　我不該在這裡語無倫次的儘管呻吟我們做朋友的悲哀情緒。歸根說，讀者抱著我們文字看，也就是像志摩的請柏雷一樣，要從我們口裡再聽到關於志摩的一些事。這個我明白，只怕我不能使你們滿意，因為關於他的事，動聽的，使青年人知道這裡有個不可多得的人格存在的，實在太多，決不是幾千字可以表達得完。誰也得承認像他這樣的一個人世間便不輕易有幾個的，無論在中國或是外國。

　　我認得他，今年整十年，那時候他在倫敦經濟學院，尚未去康橋。我初次遇到他，也就是他初次認識到影響他遷學的狄更生先生。不用說他和我父親最談得來，雖然他們年歲上差別不算少，一見面之後便互相引為知己。他到康橋之後由狄更生介紹進了皇家學院，當時和他同學的有我姊丈溫君源寧。一直到最近兩個月中源寧還常在說他當時的許多笑話，雖然說是笑話，那也是他對志摩最早的一個驚異的印象。志摩認真的詩情，絕不含有任何矯偽，他那種痴，那種孩子似的天真實能令人驚訝。源寧說，有一天他在校舍裡讀書，外邊下起了傾盆大雨──唯是英倫那樣的島國才有的狂雨──忽然他聽到有人猛敲他的房門，外邊跳進一個被雨水淋得全溼的客人。不用說他便是志摩，一進門一把扯著源寧向外跑，說快來我們到橋上去等著。這一來把源寧怔住了，他問志摩等什麼在這大雨裡。志摩睜大了眼睛，孩子似的高興地說「看雨後的虹去」。源寧不止說他不去，並且勸志摩趁早將溼透的衣服換下，再穿上雨衣出去，英國的溼氣豈是兒

戲。志摩不等他說完，一溜煙地自己跑了。

　　以後我好奇地曾問過志摩這故事的真確，他笑著點頭承認這全段故事的真實。我問：那麼下文呢，你立在橋上等了多久，並且看到虹了沒有？他說記不清，但是他居然看到了虹。我詫異地打斷他對那虹的描寫，問他：怎麼他便知道，準會有虹的。他得意地笑答我說：「完全詩意的信仰！」

　　「完全詩意的信仰」，我可要在這裡哭了！也就是為這「詩意的信仰」他硬要借航空的方便達到他「想飛」的宿願！「飛機是很穩當的，」他說，「如果要出事那是我的運命！」他真對運命這樣完全詩意的信仰！

　　志摩我的朋友，死本來也不過是一個新的旅程，我們沒有到過的，不免過分地懷疑，死不定就比這生苦。「我們不能輕易斷定那一邊沒有陽光與人情的溫慰」，但是我前邊說過最難堪的是這永遠的靜寂。我們生在這沒有宗教的時代，對這死實在太沒有把握了。這以後許多思念你的日子，怕要全是昏暗的苦楚，不會有一點點光明，除非我也有你那美麗的詩意的信仰！

　　我個人的悲緒不竟又來擾亂我對他生前許多清晰的回憶，朋友們原諒。

　　詩人的志摩用不著我來多說，他那許多詩文便是估價他的天平。我們新詩的歷史才是這樣的短，恐怕他的判斷人尚在我們兒孫輩的中間。我要談的是詩人之外的志摩。人家說志摩的為人只是不經意的浪漫，志摩的詩全是抒情詩，這斷

第一章　世間真情

　　語從不認識他的人聽來可以說很公平，從他朋友們看來實在是對不起他。志摩是個很古怪的人，浪漫固然，但他人格裡最精華的卻是他對人的同情，和藹，和優容；沒有一個人他對他不和藹，沒有一種人，他不能優容，沒有一種的情感，他絕對地不能表同情。我不說了解，因為不是許多人愛說志摩最不解人情麼？我說他的特點也就在這上頭。

　　我們尋常人就愛說了解；能了解的我們便同情，不了解的我們便很落寞乃至於酷刻。表同情於我們能了解的，我們以為很適當；不表同情於我們不能了解的，我們也認為很公平。志摩則不然，了解與不了解，他並沒有過分地誇張，他只知道溫存，和平，體貼，只要他知道有情感的存在，無論出自何人，在何等情況下，他理智上認為適當與否，他全能表幾分同情，他真能體會原諒他人與他自己不相同處。從不會刻薄地單支出嚴格的迫仄的道德的天平指摘凡是與他不同的人。他這樣的溫和，這樣的優容，真能使許多人慚愧，我可以忠實地說，至少他要比我們多數的人偉大許多；他覺得人類各種的情感動作全有它不同的，價值放大了的人類的眼光，同情是不該只限於我們劃定的範圍內。他是對的，朋友們，歸根說，我們能夠懂得幾個人，了解幾樁事，幾種情感？哪一樁事，哪一個人沒有多面的看法！為此說來志摩的朋友之多，不是個可怪的事；凡是認得他的人不論深淺對他全有特殊的感情，也是極為自然的結果。而反過來看他自己在他一生的過程中卻是很少得著同情的。不止如是，他還曾

為他的一點理想的愚誠幾次幾乎不見容於社會。但是他卻未曾為這個鄙吝他給他人的同情心，他的性情，不曾為受了刺激而轉變刻薄暴戾過，誰能不承認他幾有超人的寬量。

　　志摩的最動人的特點，是他那不可信的純淨的天真，對他的理想的愚誠，對藝術欣賞的認真，體會情感的切實，全是難能可貴到極點。他站在雨中等虹，他甘冒社會的大不韙爭他的戀愛自由；他坐曲折的火車到鄉間去拜哈代，他拋棄博士一類的引誘捲了書包到英國，只為要拜羅素做老師，他為了一種特異的境遇，一時特異的感動，從此在生命途中冒險，從此拋棄所有的舊業，只是嘗試寫幾行新詩——這幾年新詩嘗試的運命並不太令人踴躍，冷嘲熱罵只是家常便飯——他常能走幾里路去採幾莖花，費許多周折去看一個朋友說兩句話；這些，還有許多，都不是我們尋常能夠輕易了解的神祕。我說神祕，其實竟許是傻，是痴！事實上他只是比我們認真，虔誠到傻氣，到痴！他愉快起來他的快樂的翅膀可以碰得到天，他憂傷起來，他的悲感是深得沒有底。尋常評價的衡量在他手裡失了效用，利害輕重他自有他的看法，純是藝術的情感的脫離尋常的原則，所以往常人常聽到朋友們說到他總愛帶著嗟嘆的口吻說：「那是志摩，你又有什麼法子！」他真的是個怪人麼？朋友們，不，一點都不是，他只是比我們近情，近理，比我們熱誠，比我們天真，比我們對萬物都更有信仰，對神，對人，對靈，對自然，對藝術！

第一章　世間真情

　　朋友們，我們失掉的不止是一個朋友，一個詩人，我們丟掉的是個極難得可愛的人格。

　　至於他的作品全是抒情的麼？他的興趣只限於情感麼？更是不對。志摩的興趣是極廣泛的。就有幾件，說起來，不認得他的人便要奇怪。他早年很愛數學，他始終極喜歡天文，他對天上星宿的名字和部位就認得很多，最喜暑夜觀星，好幾次他坐火車都是帶著關於宇宙的科學的書。他曾經譯過愛因斯坦的相對論，並且在一九二二年便寫過一篇關於相對論的東西登在《民鐸》雜誌上。他常向思成說笑：「任公先生的相對論的知識還是從我徐君志摩大作上得來的呢，因為他說他看過許多關於愛因斯坦的哲學都未曾看懂，看到志摩的那篇才懂了。」今夏我在香山養病，他常來閒談，有一天談到他幼年上學的經過和美國克拉克大學兩年學經濟學的景況，我們不禁對笑了半天，後來他在他的《猛虎集》的「序」裡也說了那麼一段。可是奇怪的！他不像許多天才，幼年裡上學，不是不及格，便是被斥退，他是常得優等的，聽說有一次康乃爾暑校裡一個極嚴的經濟教授還寫了信去克拉克大學教授那裡恭維他的學生，關於一門很難的功課。我不是為志摩在這裡誇張，因為事實上只有為了這樁事，今夏志摩自己便笑得不亦樂乎！

　　此外他的興趣對於戲劇繪畫都極深濃，戲劇不用說，與詩文是那麼接近，他領略繪畫的天才也頗為可觀，後期印象派的幾個畫家，他都有極精密的愛惡，對於文藝復興時代那

幾位，他也很熟悉，他最愛鮑蒂切利和達文騫。自然他也常承認文人喜畫常是間接地受了別人論文的影響。他的，就受了法蘭（Roger Fry）和斐德（Walter Pater）的不少。對於建築審美他常常對思成和我道歉說：「太對不起，我的建築常識全是Ruskins那一套。」他知道我們是討厭Ruskins的。但是為看一個古建的殘址，一塊石刻，他比任何人都熱心，都更能靜心領略。

他喜歡色彩，雖然他自己不會作畫，暑假裡他曾從杭州給我幾封信，他自己叫它們做「描寫的水彩畫」，他用英文極細緻地寫出西（邊？）桑田的顏色，每一分嫩綠，每一色鵝黃，他都仔細地觀察到。又有一次他望著我園裡一帶斷牆半晌不語，過後他告訴我說，他正在默默體會，想要描寫那牆上向晚的豔陽和剛剛入秋的藤蘿。

對於音樂，中西的他都愛好，不止愛好，他那種熱心便喚醒過北京一次──也許唯一的一次──對音樂的注意。誰也忘不了那一年，克拉斯拉到北平在「真光」拉一個多鐘頭的提琴。對舊劇他也得算「在行」，他最後在北平那幾天我們曾接連地同去聽好幾齣戲，回家時我們討論的熱鬧，比任何劇評都誠懇都起勁。

誰相信這樣的一個人，這樣忠實於「生」的一個人，會這樣早地永遠地離開我們另投一個世界，永遠地靜寂下去，不再透些許聲息！

我不敢再往下寫，志摩若是有靈聽到比他年輕許多的一

第一章　世間真情

個小朋友拿著老聲老氣的語調談到他的為人不覺得不快麼？這裡我又來個極難堪的回憶，那一年他在這同一個的報紙上寫了那篇傷我父親慘故的文章，這夢幻似的人生轉了幾個彎，曾幾何時，卻輪到我在這風緊夜深裡握筆弔他的慘變。這是什麼人生？什麼風濤？什麼道路？志摩，你這最後的解脫未始不是幸福，不是聰明，我該當羨慕你才是。

作者簡介

　　林徽因，原名林徽音，著名女建築師、詩人和作家。著有散文、詩歌、小說、劇本、譯文和書信等，主要作品有詩歌〈你是人間的四月天〉，小說《九十九度中》，散文〈唯其是脆嫩〉等。

作品賞析

　　這篇文章是作者聽聞好友飛機失事遇難的兩週後，心情鎮定下來所寫的悼念文。雖然當時作者的心情已經鎮定下來，但是字裡行間仍然流淌出萬分悲痛。文章一開始寫作者聽到好友遇難消息時的震驚，之後寫對好友的死難以置信，最後在無奈和悲傷中接受好友死去的事實。接著又回想起有關好友的記憶，對細節、語言的描寫十分傳神，彷彿好友的音容笑貌就在眼前。作者對好友的文學造詣、興趣愛好和純

淨天真的心靈依次進行了描寫，為讀者展示了一個生動、豐富、立體的人物形象。

必背金句

突然的，他闖出我們這共同的世界，沉入永遠的靜寂，不給我們一點預告，一點準備，或是一個最後希望的餘地。

志摩是個很古怪的人，浪漫固然，但他人格裡最精華的卻是他對人的同情，和藹，和優容；沒有一個人他對他不和藹，沒有一種人，他不能優容，沒有一種的情感，他絕對地不能表同情。

他愉快起來他的快樂的翅膀可以碰得到天，他憂傷起來，他的悲戚是深得沒有底。

第一章　世間真情

墓畔哀歌

石評梅

一

我由冬的殘夢裡驚醒，春正吻著我的睡靨低吟！晨曦照上了窗紗，望見往日令我醺醉的朝霞，我想讓丹彩的雲流，再認認我當年的顏色。

披上那件繡著蛺蝶的衣裳，姍姍地走到塵網封鎖的妝臺旁。呵！明鏡裡照見我憔悴的枯顏，像一朵顫動在風雨中蒼白凋零的梨花。

我愛，我原想追回那美麗的皎容，祭獻在你碧草如茵的墓旁，誰知道青春的殘蕾已和你一同殉葬。

二

假如我的眼淚真凝成一粒一粒珍珠，到如今我已替你綴織成繞你玉頸的圍巾。

假如我的相思真化作一顆一顆的紅豆，到如今我已替你堆集永久勿忘的愛心。

哀愁深埋在我心頭。

我願燃燒我的肉身化成灰燼，我願放浪我的熱情怒濤洶

湧,天呵!這蛇似的蜿蜒,蠶似的纏綿,就這樣悄悄地偷去了我生命的青焰。

我愛,我吻遍了你墓頭青草在日落黃昏;我禱告,就是空幻的夢吧,也讓我再見見你的英魂。

三

明知道人生的盡頭便是死的故鄉,我將來也是一座孤塚,衰草斜陽。有一天呵!我離開繁華的人寰,悄悄入葬,這悲豔的愛情一樣是煙消雲散,曇花一現,夢醒後飛落在心頭的都是些殘淚點點。

然而我不能把記憶毀滅,把埋我心墟上的殘骸拋卻,只求我能永久徘徊在這壘壘荒塚之間,為了看守你的墓塋,祭獻那茉莉花環。

我愛,你知否我無言的憂衷,懷想著往日輕盈之夢。夢中我低低喚著你小名,醒來只是深夜長空有孤雁哀鳴!

四

黯淡的天幕下,沒有明月也無星光這宇宙像數千年的古墓;皚皚白骨上,飛動閃映著慘綠的磷花。我匍匐哀泣於此殘鏽的鐵欄之旁,願烘我憤怒的心火,燒毀這黑暗醜惡的地獄之網。

命運的魔鬼有意捉弄我弱小的靈魂,罰我在冰雪寒天中,尋覓那凋零了的碎夢。求上帝饒恕我,不要再慘害我這僅有的生命,剩得此殘軀在,容我殺死那獰惡的敵人!

第一章　世間真情

我愛，縱然宇宙變成爐餘的戰場，野煙都腥：在你給我的甜夢裡，我心長繫駐於虹橋之中，讚美永生！

五

我整天踟躕於墨墨荒塚，看遍了春花秋月不同的風景，拋棄了一切名利虛榮，來到此無人煙的曠野，哀吟緩行。我登了高嶺，向雲天蒼茫的西方招魂，在絢爛的彩霞裡，望見了我沉落的希望之隕星。

遠處是煙霧沖天的古城，火星似金箭向四方飛遊！隱約的聽見刀槍搏擊之聲，那狂熱的歡呼令人震驚！在碧草萋萋的墓頭，我舉起了勝利的金觥，飲吧我愛，我奠祭你靜寂無言的孤塚！

星月滿天時，我把你遺我的寶劍纖手輕擎，宣誓向長空：願此生永埋了英雄兒女的熱情。

六

假如人生只是虛幻的夢影，那我這些可愛的映影，便是你贈與我的全生命。我常覺你在我身後的樹林裡，騎著馬輕輕地走過去。常覺你停息在我的窗前，徘徊著等我的影消燈熄。常覺你隨著我喚你的聲音悄悄走近了我，又含淚退到了牆角。常覺你站在我低垂的雪帳外，哀哀地對月光而嘆息！

在人海塵途中，偶然逢見個像你的人，我停步凝視後，這顆心呵，便如秋風橫掃落葉般冷森淒零！我默思我已經得到愛的之心，如今只是荒草夕陽下，一座靜寂無語的孤塚。

我的心是深夜夢裡，寒光閃灼的殘月，我的情是青碧冷靜，永不再流的湖水。殘月照著你的墓碑，湖水環繞著你的墳，我愛，這是我的夢，也是你的夢，安息吧，敬愛的靈魂！

七

我自從混跡到塵世間，便忘卻了我自己；在你的靈魂中我才知是誰？

記得也是這樣夜裡。我們在河堤的柳絲中走過來，走過去。我們無語，心海的波浪也只有月兒能領會。你倚在樹上望明月沉思，我枕在你胸前聽你的呼吸。抬頭看見黑翼飛來掩遮住月兒的清光，你抖顫著問我：假如這蒼黑的翼是我們的命運時，應該怎樣？

我認識了歡樂，也隨來了悲哀，接受了你的熱情，同時也隨來了冷酷的秋風。往日，我怕惡魔的眼睛凶，白牙如利刃；我總是藏伏在你的腋下趑趄不敢進，你一手執寶劍，一手扶著我踐踏著荊棘的途徑，投奔那如花的前程！

如今，這道上還留著你斑斑血痕，惡魔的眼睛和牙齒再是那樣凶狠。但是我愛，你不要怕我孤零，我願用這一纖細的弱玉腕，建設那如意的夢境。

八

春來了，催開桃蕾又飄到柳梢，這般溫柔慵懶的天氣真使人惱！她似乎躲在我眼底有意繚繞，一陣陣風翼，吹起了

我靈海深處的波濤。

　　這世界已換上了裝束，如少女般那樣嬌嬈，她披拖著淺綠的輕紗，蹁躚在她那妊紫嫣紅中舞蹈。佇立於白楊下，我心如搗，強睜開模糊的淚眼，細認你墓頭，萋萋芳草。

　　滿腔辛酸與誰道？願此恨吐向青空將天地包。它糾結圍繞著我的心，像一堆枯黃的蔓草，我愛，我待你用寶劍來揮掃，我待你用火花來焚燒。

　　九

　　壘壘荒塚上，火光熊熊，紙灰繚繞，清明到了。這是碧草綠水的春郊。墓畔有白髮老翁，有紅顏年少，向這一抔黃土致不盡的懷憶和哀悼，雲天蒼茫處我將魂招；白楊蕭條，暮鴉聲聲，怕孤魂歸路迢迢。

　　逝去了，歡樂的好夢，不能隨墓草而復生，明朝此日，誰知天涯何處寄此身？嘆漂泊我已如落花浮萍，且高歌，且痛飲，拚一醉燒熄此心頭餘情。

　　我愛，這一杯苦酒細細斟，邀殘月與孤星和淚共飲，不管黃昏，不論夜深，醉臥在你墓碑旁，任霜露侵凌罷！我再不醒。

作者簡介

　　石評梅，原名汝壁，因愛慕梅花自取筆名石評梅，筆名還有評梅女士、波微、漱雪、冰華、心珠等，民國著名女作

家,作品大多以追求愛情、真理,渴望自由、光明為主題,主要作品有小說《紅鬃馬》、《匹馬嘶風錄》,散文集《偶然草》、《濤語》等。

作品賞析

　　本文是一篇託物言志、深刻而優美的散文詩,是作者對已故戀人高君宇的深切悼念,整篇文章都充斥著哀思悽婉的基調。本文用比喻、擬人、排比的手法,融入自己的真情實感,如泣如訴,帶給讀者強烈的心靈震撼,讓讀者感受到愛情的莊嚴、偉大和神聖。作者細膩感人的文筆,讓自然萬物有了靈性,讓它們和作者一起悲戚憂鬱。本文具有絢麗、哀婉之美,所蘊含的強烈情感不斷敲擊著讀者的心扉,令人潸然淚下。

必背金句

　　我由冬的殘夢裡驚醒,春正吻著我的睡靨低吟!晨曦照上了窗紗,望見往日令我醺醉的朝霞,我想讓丹彩的雲流,再認認我當年的顏色。

　　假如我的眼淚真凝成一粒一粒珍珠,到如今我已替你綴織成繞你玉頸的圍巾。假如我的相思真化作一顆一顆的紅

第一章　世間真情

豆,到如今我已替你堆集永久勿忘的愛心。

　　我常覺你在我身後的樹林裡,騎著馬輕輕地走過去。常覺你停息在我的窗前,徘徊著等我的影消燈熄。常覺你隨著我喚你的聲音悄悄走近了我,又含淚退到了牆角。常覺你站在我低垂的雪帳外,哀哀地對月光而嘆息!

第二章　美好回憶

> 從雨後什剎海的蜻蜓一直到我夢裡的玉泉山的塔影,都積湊到一塊,每一小的事件中有個我,我的每一思念中有個北平,這只有說不出而已。

第二章　美好回憶

釣魚

魯彥

秋天早已來了,故鄉的氣候卻還在夏天裡。

那些特殊的漁夫,便是最好的例證。

那是一些十歲以上十六歲以下的男女孩子,和十六歲以上的青年以及四五十歲的將近老年的男子。他們像埋伏的哨兵似的,從村前到村後,占據著兩道彎彎曲曲的河岸。孩子們五六成群的多在埠頭上蹲著,坐著,或者伏著,把頭伸在水面上,窺著水中石縫間的魚蝦。他們的釣竿是粗糙的,短小的,用細小的黃銅絲做的小鉤,小鉤上串著黑色的小蚯蚓,用雞毛做浮子,用細線穿著。河蝦是他們唯一的目的物。有時他們的頭相碰了,釣線和釣線相纏了,這個的腳踢翻了那個的蝦盆,便互相詈罵起來,廝打起來。青年們三三兩兩的或站在河灘的淺處,或坐在水車盡頭上,或蹲在船邊,一邊望著水面的浮子,一面時高時低的笑語著。他們的釣竿是柔軟的,細長的,一節一節青黑相間,顯得特別美麗。他們用鵝毛做浮子,用絲線穿著,用針做成鉤子。鉤上串著紅色的大蚯蚓。鯽魚是他們的目的物。老年人多是單獨的占據一處,坐在極小的板凳上,支著紙傘或布傘,靜默得

像打瞌睡似的望著水面的浮子。他們的釣竿和青年們的一樣,但很少像青年們那樣美麗。他們的目的物也是鯽魚。在這三種人之外,有時還有幾個中年的男子,背著粗大的釣竿,每節用黃銅絲包紮著,發著閃耀的光,用粗大的弦線穿著一大串長而且粗的浮子,把弦線捲在洋紗車筒上,把車筒釘在釣竿的根上,鉤子是兩枚或三枚的大鐵鉤。用染黑的銅絲緊紮著,不用食餌。他們像巡邏兵似的,在河岸上慢慢的走著,注意著水面。那裡起了泡沫,他們便把鉤子輕輕的墜下去,等待魚兒的誤觸。鯉魚是他們的目的物。

說他們是漁夫,實際上卻全不是。真正的漁夫是有著許多更有保證的方法捕捉魚蝦的。現在這群漁夫,大人們不過是因為閒散,青年們和孩子們因為感覺到興趣濃厚罷了。有些人甚至不愛吃這些東西,釣上了,把牠們養在水缸裡。

我從前就是那樣的一個漁夫。我不但不愛吃魚,連聞到有些魚的氣息也要作嘔的,河蝦也只能勉強嘗兩三隻。但我小時卻是一個有名的善釣魚蝦的孩子。

我們的老屋在這村莊的中央,一邊是橋,橋的兩頭是街道,正是最熱鬧的地方。河水由南而北,在我們老屋的東邊經過。這裡的河岸都用亂石堆嵌出來,石洞最多,河蝦也最多。每年一到夏天,河水漸漸淺了,清了,從岸上可以透澈地看到近處的河底。早晨的太陽從東邊射過來,石洞口的蝦便開始活潑地爬行。伏在岸上往下望,連一根一根的蝦鬚也清晰地看得見。

第二章　美好回憶

　　這時和其他的孩子們一樣，我也開始忙碌了。從柴堆裡選了一根最直的小竹竿，砍去了旁枝和丫杈，在煤油燈上把彎曲的竹節炙直了，拴上一截線。從屋角裡找出雞毛來，扯去了管旁的細毛，把雞毛管剪成幾分長的五截，穿在線上，加上小小的錫塊，用銅絲捻成小鉤，釣竿就成功了。然後在水缸旁陰溼的泥地，掘出許多黑色的小蚯蚓，用竹管或破碗裝了，拿著一隻小水桶，就到牆外的河岸上去。

　　「又要忙啦！釣來了給誰吃呀！」母親每次總是這樣的說。

　　但我早已笑嘻嘻地跑出了大門。

　　把鉤子沉在岸邊的水裡，讓蝦兒們自己來上鉤，是很慢的，我不愛這樣。我愛伏在岸上，把釣竿放下，不看浮子，單提著線，對著一個一個的石洞口，上下左右的牽動那串著蚯蚓的鉤子。這樣，洞內洞外的蝦兒立刻就被引來了。牠頗聰明，並不立刻就把串著蚯蚓的鉤子往嘴裡送，牠只是先用大鉗撥動著，作一次試驗。倘若這時浮子在水面，就現出微微的抖動，把線提起來，牠便立刻放鬆了。但我只把線微微的牽動，引起牠捨不得的慾望，牠反用大鉗鉤緊了，扯到嘴邊去。但這時牠也還並不往嘴裡送，似在作第二次試驗；把鉤子一推一拉的動著。於是浮子在水面，便跟著一上一下的浮沉起來。我只再把線牽得緊一點，牠這才把鉤子拉得緊緊的往嘴裡送了。然而倘若憑著浮子的浮沉，是常常會脫鉤的。有些聰明的蝦兒常常不把鉤子的尖頭放進嘴裡去，牠們只咬著鉤子的彎角處。見到這種吃法的蝦子，我便把線搓動

著，一緊一鬆的牽扯，使鉤尖正對著牠的嘴巴。看見牠彷彿吞進去了，但也還不能立刻提起線來，有時還須把線輕輕地牽到牠的反面，讓鉤子紮住牠的嘴角，然後用力一提，牠才嘶嘶嘶地彈著水，到了岸上。

把鉤子從蝦嘴裡拿出來，把蝦兒養在小水桶裡，取了一條新鮮的小蚯蚓，放在左手心上，輕輕地用右手拍了兩下，拍死了，便把舊的去掉，換上新的，放下水裡，第二隻蝦子又很快的上鉤了。同一個石洞裡，常常住著好幾隻蝦子，洞外又有許多游擊隊似的蝦兒爬行著：腹上滿貯著蝦子的老實的雌蝦，全身長著綠苔的凶狠的老蝦，清潔透明的活潑的小蝦。牠們都一一地上了我的鉤，進了我的小水桶。

「你這孩子真會釣，這許多！」大人們望了一望我的小水桶，都這樣稱讚說。

到了中午，我的小水桶裡已經裝滿了。

「看你怎樣吃得了！……」母親又歡喜又埋怨地說。

她給我在飯鍋裡蒸了五六隻，但我照例的只勉強吃了一半，有時甚至咬了半隻就停筷了。

到了第二天早晨水桶裡的蝦兒呆的呆了，白的白了，很少能夠養得活。母親只好把牠們煮熟了，送給隔壁的人家吃。因為她和我姊姊是比我更不愛吃的。

「你只是給人家釣，還要我賠柴賠鹽賠油蔥！」她老是這樣地埋怨我。「算了吧，大熱天，坐在房子裡不好嗎？你看你面孔，你頭頸，全晒黑啦！」

第二章　美好回憶

　　但我又早已拿著釣竿、蚯蚓，提著小水桶，悄悄地走到河邊去了。

　　夏天一到，沒有什麼比這更快樂，空水桶出去，滿水桶回來，一隻大的，一隻小的，一隻雌的，一隻雄的，嘶嘶嘶彈著水從河裡提上來，上下左右疊著堆著。

　　直至秋天來到，天氣轉涼了，河水大了，蝦兒們躲進石洞裡，不大出來，我也就把釣竿藏了起來。但這時母親卻惡狠狠地把我的釣竿折成了兩三段，當柴燒了。

　　「還留到明年嗎？一年比一年大啦，明年還要釣蝦嗎？明年再釣蝦不給你讀書啦，把你送給漁翁，一生捕魚過活！……」

　　我默默地不做聲，惋惜地望著灶火中畢剝地響著的斷釣竿。

　　待下一年的夏天到時，我的新釣竿又做成了：比上年的長，比上年的直，比上年的美麗，釣來的蝦也比上年的多。

作者簡介

　　魯彥，原名王衡（ㄒㄧㄝˋ）臣，又名王衡、王魯彥、返我。著名鄉土小說家、翻譯家，藝術風格以細膩、樸素、自然為主要表現。主要作品有《柚子》、《黃金》、《童年的悲哀》、《菊英的出嫁》、《小小的心》、《鼠牙》等。

作品賞析

　　本文中,作者繪聲繪色地講述了他兒時垂釣的趣事。作者先講到自己眼中所看到的在河邊釣魚的「漁夫們」,接著聯想起自己童年時釣魚的畫面。其中,做釣竿釣蝦的細節描寫,充分表現了少年的靈巧與活潑。作者愛釣蝦卻不愛吃,家人也不愛吃,母親只好煮熟送給鄰居吃。作者釣蝦遭到母親反對,甚至母親把竹竿都折斷當柴燒了。然而少年又是執拗的,到了下一年,又做了更長更直的新釣竿。作者用縝細溫和的語言敘述著故鄉的少年事,字裡行間透露著對兒時的懷念。

必背金句

　　青年們三三兩兩的或站在河灘的淺處,或坐在水車盡頭上,或蹲在船邊,一邊望著水面的浮子,一面時高時低的笑語著。

　　夏天一到,沒有什麼比這更快樂,空水桶出去,滿水桶回來,一隻大的,一隻小的,一隻雌的,一隻雄的,嘶嘶嘶彈著水從河裡提上來,上下左右疊著堆著。

第二章　美好回憶

日本的文化生活

郁達夫

　　無論那一個中國人,初到日本的幾個月中間,最感覺到苦痛的,當是飲食起居的不便。

　　房子是那麼矮小的,睡覺是在鋪地的蓆子上睡的,擺在四腳高盤裡的菜蔬,不是一塊燒魚,就是幾塊同木片似的牛蒡。這是二三十年前,我們初去日本唸書時的大概情形;大地震以後,都市西洋化了,建築物當然改了舊觀,飲食起居,和從前自然也是兩樣,可是在飲食浪費過度的中國人的眼裡,總覺得日本的一般國民生活,遠沒有中國那麼的舒適。

　　但是住得再久長一點,把初步的那些困難克服了以後,感覺就馬上會大變起來;在中國社會裡無論到什麼地方去也得不到的那一種安穩之感,會使你把現實的物質上的痛苦忘掉,精神抖擻,心氣和平,拚命地只想去搜求些足使智識開展的食糧。

　　若再在日本久住下去,滯留年限,到了三五年以上,則這島國的粗茶淡飯,變得件件都足懷戀;生活的刻苦,山水的秀麗,精神的飽滿,秩序的整然,回想起來,真覺得在那兒過的,是一段蓬萊島上的仙境裡的生涯,中國的社會,簡直是一種亂雜無章,盲目的土撥鼠式的社會。

記得有一年在上海生病，忽而想起了學生時代在日本吃過的早餐醬湯的風味；教醫院廚師去做來吃，做了幾次，總做不像，後來終於上一位日本友人的家裡去要了些來，從此胃口就日漸開了；這雖是我個人的生活的一端，但也可以看出日本的那一種簡易生活的耐人尋味的地方。

　而且正因為日本一般的國民生活是這麼刻苦的結果，所以上下民眾，都只向振作的一方面去精進。明治維新，到現在不過七八十年，而整個國家的進步，卻儘可以和有千餘年文化在後的英法德意比比；生於憂患，死於逸樂，這話確是中日兩國一盛一衰的病源脈案。

　刻苦精進，原是日本一般國民生活的傾向，但是另一面哩，大和民族，卻也並不是不曉得享樂的野蠻原人。不過他們的享樂，他們的文化生活，不喜鋪張，無傷大體；能在清淡中出奇趣，簡易裡寓深意，春花秋月，近水遙山，得天地自然之氣獨多，這，一半雖則也是奇山異水很多的日本地勢使然，但一大半卻也可以說是他們那些島國民族的天性。

　先以他們的文學來說罷，最精粹最特殊的古代文學，當然是三十一字母的和歌。寫男女的戀情，寫思婦怨男的哀慕，或寫家國的興亡，人生的流轉，以及世事的無常，風花雪月的迷人等等，只有清清淡淡，疏疏落落的幾句，就把乾坤今古的一切情感都包括得纖屑不遺了。至於後來興起的俳句哩，又專以情韻取長，字句更少——只十七字母——而餘韻餘情，卻似空中的柳浪，池上的微波，不知所自始，也

第二章　美好回憶

不知其所終，飄飄忽忽，裊裊婷婷；短短的一句，你若細嚼反芻起來，會經年累月地使你如吃橄欖，越吃越有回味。最近有一位俳諧師高濱虛子，曾去歐洲試了一次俳句的行腳，從他的記行文字看來，到處只以和服草履作橫行的這一位俳人，在異國的大都會，如倫敦、柏林等處，卻也遇見了不少的熱心作俳句的歐洲男女。他回國之後，且更聞有西歐數處在計劃著出俳句的雜誌。

其次，且看看他們的舞樂看！樂器的簡單，會使你回想到中國從前唱「南風之薰矣」的上古時代去。一棹七弦或三弦琴，撥起來聲音也並不響亮；再配上一個小鼓——是專配三弦琴的，如能樂，歌舞伎，淨琉璃等演出的時候——同鳳陽花鼓似的一個小鼓，敲起來，也只是鼕鼕地一種單調的鳴聲。但是當能樂演到半酣，或淨琉璃唱到吃緊，歌舞伎舞至極頂的關頭，你眼看著臺上面那種舒徐緩慢的舞態——日本舞的動作並不複雜，並無急調——耳神經聽到幾聲錚錚錚與鼕鼕篤拍的聲音，卻自然而然的會得精神振作，全身被樂劇場面的情節吸引過去。以單純取長，以清淡致勝的原理，你只教到日本的上等能樂舞臺或歌舞伎座去一看，就可以體會得到。將這些來和西班牙舞的銅琶鐵板，或中國戲的響鼓十番一比，覺得同是精神的娛樂，又何苦嚕嚕雜雜，鬧得人頭腦昏沉才能得到醍醐灌頂的妙味呢？還有秦樓楚館的清歌，和著三味線太鼓的哀音，你若當燈影闌珊的殘夜，一個人獨臥在「水晶簾卷近秋河」的樓上，遠風吹過，聽到它一聲兩

聲，真像是猿啼雁叫，會動盪你的心腑，不由你不撲簌簌地落下幾點淚來；這一種悲涼的情調，也只有在日本，也只有從日本的簡單樂器和歌曲裡，才感味得到。

此外，還有一種合著琵琶來唱的歌；其源當然出於中國，但悲壯激昂，一經日本人的粗喉來一喝，卻覺得中國的黑頭二面，決沒有那麼的威武，與「春雨樓頭尺八簫」的尺八，正足以代表兩種不同的心境；因為尺八音脆且纖，如怨如慕，如泣如訴，跡近女性的緣故。

日本人一般的好作野外嬉遊，也是為我們中國人所不及的地方。春過彼岸，櫻花開作紅雲；京都的嵐山丸山，東京的飛鳥上野，以及吉野等處，全國的津津曲曲，道路上差不多全是遊春的男女。「家家扶得醉人歸」的〈春社〉之詩，彷彿是為日本人而詠的樣子。而祇園的夜櫻與都踊，更可以使人魂銷魄蕩，把一春的塵土，刷落得點滴無餘。秋天的楓葉紅時，景狀也是一樣。此外則歲時伏臘，即景言遊，凡潮汐乾時，蕨薇生日，草菌簇起，以及螢火蟲出現的晚上，大家出狩，可以謔浪笑傲，脫去形骸；至於元日的門松，端陽的張鯉祭雛，七夕的拜星，中元的盆踊，以及重九的慄糕等等，所奉行的雖系中國的年中行事，但一到日本，卻也變成了很有意義的國民節會，盛大無倫。

日本人的庭園建築，佛舍浮屠，又是一種精微簡潔，能在單純裡裝點出趣味來的妙藝。甚至家家戶戶的廁所旁邊，都能裝置出一方池水，幾樹楠天，洗滌得窗明宇潔，使你聞

第二章　美好回憶

覺不到穢濁的燻蒸。

在日本習俗裡最有趣味的一種幽閒雅事，是叫做茶道的那一番禮節；各人長跪在一堂，製茶者用了精緻的茶具，規定而熟練的動作，將末茶沖入碗內，順次遞下，各喝取三口又半，直到最後，恰好喝完。進退有節，出入如儀，融融洩洩，真令人會想起唐宋以前，太平盛世的民風。

還有「生花」的插置，在日本也是一種有派別師承的妙技；一只瓦盆，或一個淨瓶之內，插上幾枝紅綠不等的花枝松幹，更加以些泥沙岩石的點綴，小小的一穿圍裡，可以使你看出無窮盡的多樣一致的配合來。所費不多，而能使滿室生春，這又是何等經濟而又美觀的家庭裝飾！

日本人的和服，穿在男人的身上，倒也並不十分雅觀；可是女性的長袖，以及腋下袖口露出來的七色的虹紋，與束腰帶的顏色來一輝映，卻又似萬花撩亂中的蝴蝶的化身了。《蝴蝶夫人》這一齣歌劇，能夠聳動歐洲人的視聽，一直到現在，也還不衰的原因，就在這裡。

日本國民的注重清潔，也是值得我們欽佩的一件美德。無論上下中等的男女老幼，大抵總要每天洗一次澡；住在溫泉區域以內的人，浴水火熱，自地底湧出，不必燒煮，洗澡自然更覺簡便；就是沒有溫泉水脈的通都大邑的居民，因為設備簡潔，浴價便宜之故，大家都以洗澡為一天工作完了後的樂事。國民一般輕而易舉的享受，第一要算這種價廉物美的公共浴場了，這些地方，中國人真要學學他們才行。

凡上面所說的各點，都是日本固有的文化生活的一小部分。自從歐洲文化輸入以後，各都會都摩登化了，跳舞場，酒吧間，西樂會，電影院等等文化設備，幾乎歐化到了不能再歐，現在連男女的服裝，舊劇的布景說白，都帶上了牛酪奶油的氣味；銀座大街的商店，門面改換了洋樓，名稱也喚作了歐語，譬如水果飲食店的叫做 Fruits Parlour，旗亭的叫做 Café Vienna 或 Barcelona 之類，到處都是；這一種摩登文化生活，我想叫上海人說來，也約略可以說得，並不是日本獨有的東西，所以此地從略。

末了，還有日本的學校生活，醫院生活，圖書館生活；以及海濱的避暑，山間的避寒，公園古蹟勝地等處的閒遊漫步生活，或日本阿爾卑斯與富士山的攀登，兩國大力士的相撲等等，要說著實還可以說說，但天熱頭昏，揮汗執筆，終於不能詳盡，只能等到下次有機會的時候，再來寫了。

一九三六年八月在福州

作者簡介

郁達夫，原名郁文，字達夫，現代小說家、散文家、詩人、革命烈士。郁達夫是新文學團體創造社的發起人之一，一位為抗日救國而殉難的愛國主義作家。主要作品有〈懷魯迅〉、《沉淪》、〈故都的秋〉、《春風沉醉的晚上》、《過去》、《遲桂花》等。

第二章　美好回憶

作品賞析

郁達夫從十七歲到二十七歲將近十年時間都是在日本生活的，他對日本的感情是愛恨交加的：一方面他非常喜歡日本的文化；另一方面他也感受到日本發展對當時的中國帶來的壓力和身為弱國子民的悲傷。文章寫的是作者回國以後，對日本文化的稱讚和懷念，依次描寫了日本人民的生活方式、文學舞樂、庭院建築、茶道生花……作者用優美細膩的筆觸，寫出了令自己印象深刻的日本文化生活。

必背金句

生活的刻苦，山水的秀麗，精神的飽滿，秩序的整然，回想起來，真覺得在那兒過的，是一段蓬萊島上的仙境裡的生涯。

不過他們的享樂，他們的文化生活，不喜鋪張，無傷大體；能在清淡中出奇趣，簡易裡寓深意，春花秋月，近水遙山，得天地自然之氣獨多，這，一半雖則也是奇山異水很多的日本地勢使然，但一大半卻也可以說是他們那些島國民族的天性。

而祇園的夜櫻與都踴，更可以使人魂銷魄蕩，把一春的塵土，刷落得點滴無餘。

想北平

老舍

　　設若讓我寫一本小說，以北平作背景，我不至於害怕，因為我可以撿著我知道的寫，而躲開我所不知道的。但要讓我把北平一一道來，我沒辦法。北平的地方那麼大，事情那麼多，我知道的真是太少了，雖然我生在那裡，一直到廿七歲才離開。以名勝說，我沒到過陶然亭，這多可笑！以此類推，我所知道的那點只是「我的北平」，而我的北平大概等於牛的一毛。

　　可是，我真愛北平。這個愛幾乎是要說而說不出的。我愛我的母親。怎樣愛？我說不出。在我想做一件討她老人家喜歡的事情的時候，我獨自微微地笑著；在我想到她的健康而不放心的時候，我欲落淚。語言是不夠表現我的心情的，只有獨自微笑或落淚才足以把內心揭露在外面一些來。我之愛北平也近乎這個。誇獎這個古城的某一點是容易的，可是那就把北平看得太小了。我所愛的北平不是枝枝節節的一些什麼，而是整個兒與我的心靈相黏合的一段歷史，一大塊地方，多少風景名勝，從雨後什剎海的蜻蜓一直到我夢裡的玉泉山的塔影，都積湊到一塊，每一小的事件中有個我，我的

第二章　美好回憶

每一思念中有個北平,這只有說不出而已。

真願成為詩人,把一切好聽好看的字都浸在自己的心血裡,像杜鵑似的啼出北平的俊偉。啊!我不是詩人!我將永遠道不出我的愛,一種像由音樂與圖畫所引起的愛。這不但是辜負了北平,也對不住我自己,因為我的最初的知識與印象都得自北平,它是在我的血裡,我的性格與脾氣裡有許多地方是這古城所賜給的。我不能愛上海與天津,因為我心中有個北平。可是我說不出來!

倫敦,巴黎,羅馬與堪司坦丁堡,曾被稱為歐洲的四大「歷史的都城」。我知道一些倫敦的情形;巴黎與羅馬只是到過而已;堪司坦丁堡根本沒有去過。就倫敦、巴黎、羅馬來說,巴黎更近似北平——雖然「近似」兩字要拉扯得很遠——不過,假使讓我「家住巴黎」,我一定會和沒有家一樣的感到寂苦。巴黎,據我看,還太熱鬧。自然,那裡也有空曠靜寂的地方,可是又未免太曠;不像北平那樣既複雜而又有個邊際,使我能摸著——那長著紅酸棗的老城牆!面向著積水灘,背後是城牆,坐在石上看水中的小蝌蚪或葦葉上的嫩蜻蜓,我可以快樂地坐一天,心中完全安適,無所求也無可怕,像小兒安睡在搖籃裡。是的,北平也有熱鬧的地方,但是它和太極拳相似,動中有靜。巴黎有許多地方使人疲乏,所以咖啡與酒是必要的,以便刺激;在北平,有溫和的香片茶就夠了。

論說巴黎的布置已比倫敦羅馬勻調得多了,可是比上北

平還差點事兒。北平在人為之中顯出自然,幾乎是什麼地方既不擠得慌,又不太僻靜:最小的衚衕裡的房子也有院子與樹;最空曠的地方也離買賣街與住宅區不遠。這種分配法可以算 —— 在我的經驗中 —— 天下第一了。北平的好處不在處處設備得完全,而在它處處有空兒,可以使人自由地喘氣;不在有好些美麗的建築,而在建築的四周都有空閒的地方,使它們成為美景。每一個城樓,每一個牌樓,都可以從老遠就看見。況且在街上還可以看見北山與西山呢!

　　好學的,愛古物的,人們自然喜歡北平,因為這裡書多古物多。我不好學,也沒錢買古物。對於物質上,我卻喜愛北平的花多菜多果子多。花草是種費錢的玩藝,可是此地的「草花兒」很便宜,而且家家有院子,可以花不多的錢而種一院子花,即使算不了什麼,可是到底可愛呀。牆上的牽牛,牆根的靠山竹與草茉莉,是多麼省錢省事而也足以招來蝴蝶呀!至於青菜、白菜、扁豆、毛豆角、黃瓜、菠菜等,大多數是直接由城外擔來而送到家門口的。雨後,韭菜葉上還往往帶著雨時濺起的泥點。青菜攤子上的紅紅綠綠幾乎有詩似的美麗。果子有不少是由西山與北山來的,西山的沙果、海棠,北山的黑棗、柿子,進了城還帶著一層白霜兒呀!哼,美國的橘子包著紙,遇到北平的帶霜兒的玉李,還不愧殺!

　　是的,北平是個都城,而能有好多自己產生的花、菜、水果,這就使人更接近了自然。從它裡面說,它沒有像倫敦的那些成天冒煙的工廠;從外面說,它緊連著園林、菜圃與

第二章　美好回憶

農村。採菊東籬下，在這裡，確是可以悠然見南山的；大概把「南」字變個「西」或「北」，也沒有多少了不得的吧。像我這樣的一個貧寒的人，或者只有在北平能享受一點清福了。

好，不再說了吧；要落淚了，真想念北平呀！

作者簡介

老舍，原名舒慶春，字舍予。現代小說家、作家、語言大師。主要作品有長篇小說《駱駝祥子》、《四世同堂》，話劇《茶館》、《龍鬚溝》，短篇小說《趕集》等。

作品賞析

老舍生在北京，一生之中有四十二年是在北京度過的，所以他對北京有著深深的感情。本文構思巧妙，作者在說北平的時候，欲說還休，顯出一種迂緩曲折的特點。而通俗簡潔的語言又加強了作品的生活氣息，令讀者倍感親切。

全文圍繞一個「想」字做文章。文章一開始，作者把想念北平比作想念母親，又想像自己是詩人，以杜鵑啼血來形容對北平的思念。為了表達出北平的好，作者還把北平和歐洲名城做比較，以突出北平的質樸自然、寧靜安適。

必背金句

　　我所愛的北平不是枝枝節節的一些什麼，而是整個兒與我的心靈相黏合的一段歷史，一大塊地方，多少風景名勝，從雨後什剎海的蜻蜓一直到我夢裡的玉泉山的塔影，都積湊到一塊，每一小的事件中有個我，我的每一思念中有個北平，這只有說不出而已。

　　面向著積水灘，背後是城牆，坐在石上看水中的小蝌蚪或葦葉上的嫩蜻蜓，我可以快樂地坐一天，心中完全安適，無所求也無可怕，像小兒安睡在搖籃裡。

　　雨後，韭菜葉上還往往帶著雨時濺起的泥點。青菜攤子上的紅紅綠綠幾乎有詩似的美麗。

第二章　美好回憶

風箏

魯迅

　　北京的冬季，地上還有積雪，灰黑色的禿樹枝丫叉於晴朗的天空中，而遠處有一二風箏浮動，在我是一種驚異和悲哀。

　　故鄉的風箏時節，是春二月，倘聽到沙沙的風輪聲，仰頭便能看見一個淡墨色的蟹風箏或嫩藍色的蜈蚣風箏。還有寂寞的瓦片風箏，沒有風輪，又放得很低，伶仃地顯出憔悴可憐模樣。但此時地上的楊柳已經發芽，早的山桃也多吐蕾，和孩子們的天上的點綴相照應，打成一片春日的溫和。我現在在哪裡呢？四面都還是嚴冬的肅殺，而久經訣別的故鄉的久經逝去的春天，卻就在這天空中盪漾了。

　　但我是向來不愛放風箏的，不但不愛，並且嫌惡他，因為我以為這是沒出息孩子所做的玩藝。和我相反的是我的小兄弟，他那時大概十歲內外罷，多病，瘦得不堪，然而最喜歡風箏，自己買不起，我又不許放，他只得張著小嘴，呆看著空中出神，有時至於小半日。遠處的蟹風箏突然落下來了，他驚呼；兩個瓦片風箏的纏繞解開了，他高興得跳躍。他的這些，在我看來都是笑柄，可鄙的。

有一天，我忽然想起，似乎多日不很看見他了，但記得曾見他在後園拾枯竹。我恍然大悟似的，便跑向少有人去的一間堆積雜物的小屋去，推開門，果然就在塵封的什物堆中發見了他。他向著大方凳，坐在小凳上；便很驚惶地站了起來，失了色瑟縮著。大方凳旁靠著一個胡蝶[11]風箏的竹骨，還沒有糊上紙，凳上是一對做眼睛用的小風輪，正用紅紙條裝飾著，將要完工了。我在破獲祕密的滿足中，又很憤怒他的瞞了我的眼睛，這樣苦心孤詣地來偷做沒出息孩子的玩藝。我即刻伸手抓斷了胡蝶的一支翅骨，又將風輪擲在地下，踏扁了。論長幼，論力氣，他是都敵不過我的，我當然得到完全的勝利，於是傲然走出，留他絕望地站在小屋裡。後來他怎樣，我不知道，也沒有留心。

然而我的懲罰終於輪到了，在我們離別得很久之後，我已經是中年。我不幸偶而[12]看了一本外國的講論兒童的書，才知道遊戲是兒童最正當的行為，玩具是兒童的天使。於是二十年來毫不憶及的幼小時候對於精神的虐殺的這一幕，忽地在眼前展開，而我的心也彷彿同時變了鉛塊，很重很重地墮下去了。

但心又不竟墮下去而至於斷絕，他只是很重很重地墮著，墮著。

我也知道補過的方法的：送他風箏，贊成他放，勸他放，

---

[11]　胡蝶：同「蝴蝶」。
[12]　偶而：同「偶爾」。

第二章　美好回憶

　　我和他一同放。我們嚷著，跑著，笑著。——然而他其時已經和我一樣，早已有了鬍子了。

　　我也知道還有一個補過的方法的：去討他的寬恕，等他說，「我可是毫不怪你呵。」那麼，我的心一定就輕鬆了，這確是一個可行的方法。有一回，我們會面的時候，是臉上都已添刻了許多「生」的辛苦的條紋，而我的心很沉重，我們漸漸談起兒時的舊事來，我便敘述到這一節，自說少年時代的胡塗。「我可是毫不怪你呵。」我想，他要說了，我即刻便受了寬恕，我的心從此也寬鬆了罷。

　　「有過這樣的事麼？」他驚異地笑著說，就像旁聽著別人的故事一樣。他什麼也不記得了。

　　全然忘卻，毫無怨恨，又有什麼寬恕之可言呢？無怨的恕，說謊罷了。

　　我還能希求什麼呢？我的心只得沉重著。

　　現在，故鄉的春天又在這異地的空中了，既給我久經逝去的兒時的回憶，而一併也帶著無可把握的悲哀。我倒不如躲到肅殺的嚴冬中去罷，——但是，四面又明明是嚴冬，正給我非常的寒威和冷氣。

作者簡介

　　魯迅，原名周樟壽，後改名周樹人，原字豫山，後改豫才。中國現代文學的奠基人，著名文學家、思想家、革命

家,新文化運動的重要參與者。主要作品有小說集《吶喊》、《徬徨》、《故事新編》;散文集《朝花夕拾》;散文詩集《野草》等。

作品賞析

〈風箏〉是一篇回憶性散文,作者當時所處的北京還是冷峻的嚴冬,而故鄉的二月已經是溫和熱烈的風箏時節。這種對比是為引出我和弟弟之間情感的關聯。作者以風箏為引線,想起兒時自己粗暴對待弟弟的言行,做了深刻的反思,並進一步批判了倫理道德統治下,扼殺兒童天性的權威式教育。

必背金句

此時地上的楊柳已經發芽,早的山桃也多吐蕾,和孩子們的天上的點綴相照應,打成一片春日的溫和。

現在,故鄉的春天又在這異地的空中了,既給我久經逝去的兒時的回憶,而一併也帶著無可把握的悲哀。

第二章　美好回憶

第三章　生活點滴

鬧鐘應當,而且果然,在六點半響了。睜開半隻眼,日光還沒射到窗上;把對鬧鐘的信仰改為崇拜太陽,半隻眼閉上了。

一天

老舍

　　鬧鐘應當，而且果然，在六點半響了。睜開半隻眼，日光還沒射到窗上；把對鬧鐘的信仰改為崇拜太陽，半隻眼閉上了。

　　八點才起床。趕快梳洗，吃早飯，飯後好寫點文章。

　　早飯吃過，吸著第一支香菸，整理筆墨。來了封快信，好友王君路過濟南，約在車站相見。放下筆墨，一手扣鈕，一手戴帽，跑出去，門口沒有一輛車；不要緊，緊跑幾步，巷口總有車的。心裡想著：和好友握手是何等的快樂；最好強迫他下車，在這裡住哪怕是一天呢，痛快地談一談。到了巷口，沒一個車影，好像車伕都怕拉我似的。

　　又跑了半里多路才遇上了一輛，急忙坐上去，津浦站！車走得很快，決定誤不了，又想像著好友的笑容與語聲，和他怎樣在月臺上東張西望地盼我來。

　　怪不得巷口沒車，原來都在這裡擠著呢，一眼望不到邊，街上擠滿了車，誰也不動。西邊一家綢緞店失了火。心中馬上就決定好，改走小路，不要在此死等，誰在這裡等著誰是傻瓜，馬上告訴車伕繞道兒走，顯出果斷而聰明。

車進了小巷。這才想起在街上的好處：小巷裡的車不但是擠住，而且無論如何再也退不出。馬上就又想好主意，給了車伕一毛錢，似猿猴一樣的輕巧跳下去。擠過這一段，再抓上一輛車，還可以不誤事，就是晚也晚不過十來分鐘。

棉襖的底襟掛在小車子上，用力扯，袍子可以不要，見好友的機會不可錯過！袍子扯下一大塊，用力過猛，肘部正好碰著在娘懷中的小兒。娘不加思索，衝口而成，凡是我不愛聽的都清清楚楚地送到耳中，好像我帶著無線廣播的耳機似的。孩子哭得奇，嘴張得像個火山口；沒有一滴眼淚，說好話是無用的；凡是在外國可以用「對不起」了之的事，在中國是要長期抵抗的。四圍的人——五個巡警，一群老頭兒，兩個女學生，一個賣糖的二十多小夥子，一隻黃狗——把我圍得水洩不通；沒有說話的，專門能看哭罵，笑嘻嘻地看著我挨雷。幸虧賣糖的是聖人，向我遞了個眼神，我也心急手快，抓了一大把糖塞在小孩的懷中；火山口立刻封閉，四圍的人皆大失望。給了糖錢，我見縫就鑽，殺出重圍。

到了車站，遇見中國旅行社的招待員。老那麼和氣而且眼睛那麼尖，其實我並不常到車站，可是他能記得我，「先生取行李嗎？」

「接人！」這是多餘說，已經十點了，老王還沒有叫火車晚開一個鐘頭的勢力。

越想頭皮越疼，幾乎想要自殺。

出了車站，好像把自殺的念頭遺落在月臺上了。也好

第三章　生活點滴

吧，趕快歸去寫文章。

到了家，小貓上了房；初次上房，怎麼也下不來了。老田是六十多了，上臺階都發暈，自然婉謝不敏，不敢上牆。就看我的本事了，當仁不讓，上牆！敢情事情都並不簡單，你看，上到半腰，腿不曉得怎的會打起轉來。不是顫而是公然的哆嗦。老田的微笑好像是惡意的，但是我還不能不仗著他扶我一把兒。

往常我一叫「球」，小貓就過來用小鼻子聞我，一邊聞一邊咕嚕。上了房的「球」和地上的大不相同了，我越叫「球」，「球」越往後退。我知道，我要是一直地向前趕，「球」會退到房脊那面去，而我將要變成「球」。我的好話說多了，語氣還是學著婦女的：「來，啊，小球，快來，好寶貝，快吃肝來……」無效！我急了，開始恫嚇，沒用。

磨煩了一點來鐘，二姊來了，只叫了一聲「球」，「球」並沒理我，可是拿我的頭作橋，一跳跳到了牆頭，然後拿我的脊背當梯子，一直跳到二姊的懷中。

兄弟姊妹之間，二姊是我最好的朋友。她第一個好處便是不阻礙我的工作。每逢看見我寫字，她連一聲都不出；我只要一客氣，陪她談幾句，她立刻就搭訕著走出去。

「二姊，和球玩會兒，我去寫點字。」我極親熱地說。

「你先給我寫幾個字吧，你不忙啊？」二姊極親熱地說。

當然我是不忙，二姊向來不討人嫌，偶爾求我寫幾個

字，還能駁回？

二姊是求我寫封信。這更容易了。剛由牆上爬下來，正好先試試筆，穩穩腕子。

二姊的信是給她婆母的外甥女的乾姥姥的姑舅兄弟的姪女婿的。二姊與我先決定了半點多鐘怎樣稱呼他。在討論的過程中，二姊把她婆母的、婆母的外甥女的、乾姥姥的、姑舅兄弟的性格與相互的關係略微說明了一下，剛說到乾姥姥怎麼在光緒二十八年掉了一個牙，老田說吃午飯得了。

吃過午飯，二姊說先去睡個小盹，醒後再告訴我怎樣寫那封信。

我是心中擱不下事的，打算把乾姥姥放在一旁而去寫文章，一定會把莎士比亞寫成外甥女婿。好在二姊只是去打一個小盹。

二姊的小盹打到三點半才醒，她很親熱地道歉，昨夜多打了四圈小牌。不管怎著吧，先寫信。二姊想起來了，她要是到東關李家去，一定會見到那位姪女婿的哥哥，就不要寫信了。

二姊走了。我開始從新整理筆墨，並且告訴老田泡一壺好茶，以便把乾姥姥們從心中給刺激走。

老田把茶拿來，說，外邊調查戶口，問我幾月的生日。「正月初一！」我告訴老田。

凡是老田認為不可信的事，他必要和別人討論一番。他

第三章　生活點滴

告訴巡警：他對我的生日頗有點懷疑，他記得是三月；不論如何也不能是正月初一。我自然沒被他們盤問短，我說正月與三月不過是陰陽曆的差別，並且告訴他們我是屬狗的。巡警一聽到戌狗亥豬，當然把剛才的事忘了——又耽誤了我一刻多鐘。

整四點。忘了，圖畫展覽會今天是末一天！但是，為寫文章，犧牲了圖畫吧。又拿起筆來。只要許我拿起筆來，就萬事亨通，我不怕在多麼忙亂之後，也能安心寫作。

門鈴響了，信，好幾封。放著信不看，信會鬧鬼。第一封：創辦老人院的捐啟。第二封：三舅問我買洋水仙不買？第三封：地址對，姓名不對，是否應當開啟？想了半天，看了信皮半天，筆跡，郵印，全細看過，加以福爾摩斯的判斷法；沒結果，放在一旁。第四封：新書目錄，從頭至尾看了一遍，沒有我要看的書。第五封：友人求找事，急待答復。趕緊寫回信，信和病一樣，越耽誤越難辦。信寫好，郵票不夠了，只欠一分。叫老田，老田剛剛出去。自己跑一遭吧，反正郵局不遠。

發了信，天黑了。飯前不應當寫字，看看報吧。

晚飯後，吃了兩個梨，為是有助於消化，好早些動手寫文章。剛吃完梨，老牛同著最近結婚的夫人來了。

老牛的好處是天生來的沒心沒肺。他能不管你多麼忙，也不管你的臉長到什麼尺寸，他要是談起來，便把時間觀念完全忘掉。不過，今天是和新婦同來，我想他絕不會坐那麼

大的工夫。

　　牛夫人的好處,恰巧和老牛一樣,是天生來的沒心沒肺。我在八點半的時候就看明白了:大概這二位是在我這裡度蜜月。我的方法都使盡了:看我的稿紙,打個假造的哈欠,造謠言說要去看朋友,叫老田上鐘弦,問他們什麼時候安寢,順手看看手錶……老牛和牛夫人決定賽開了誰是更沒心沒肺。十點了,兩位連半點要走的意思都沒有。

　　「我們到街上走走,好不好?我有點頭疼。」我這麼提議,心裡計劃著:陪他們走幾步,回來還可以寫個兩千多字,夜靜人稀更寫得快:我是向來不悲觀的。

　　隨著他們走了一程,回來進門就打噴嚏,老田一定說我是著了涼,馬上就去倒開水,叫我上床,好吃阿司匹林。老田的命令是不能違抗的,我要是一定不去睡,他登時就會去請醫生。也好吧,躺在床上想好了主意明天天一亮就起來寫。「老田,把鬧鐘上到五點!」

　　老田又笑了,不好和老人鬧氣,不然的話,真想打他兩個嘴巴。

　　身上果然有點發僵,算了吧,什麼也不要想了,快睡!兩眼閉死,可是不睏,數一二三四,越數越有精神。大概有十一點了,老田已經停止了咳嗽。他睡了,我該起來了,反正是睡不著,何苦瞎耗光陰。被窩怪暖和的,忍一會兒再說,只忍五分鐘,起來就寫。肚裡有點發熱,阿司匹林的功效,還倒舒服。似乎老牛又回來了,二姊,小球……

第三章　生活點滴

「起吧，八點了！」老田在窗外叫。

「沒上鬧鐘嗎？沒告訴你上在五點上嗎？」我在被窩裡發怒。

「誰說沒上呢，把我鬧醒了；您大概是受了點寒，發燒，耳朵不大靈，嘛！」

生命似乎是不屬於自己的，我嘆了口氣。稿子應該就發出了，還一個字沒有呢！

「老田，報館沒來人催稿子嗎？」

「來了，說請您不必忙了，報館昨晚被巡警封了門。」

作者簡介

老舍，原名舒慶春，字舍予。現代小說家、作家、語言大師。主要作品有長篇小說《駱駝祥子》、《四世同堂》，話劇《茶館》、《龍鬚溝》，短篇小說《趕集》等。

作品賞析

本文以時間為線索，以平實質樸的語言記敘了作者一天的經歷。作者從早飯後就準備寫作，卻被各種突發事件打亂計畫，一直到第二天早晨，該交稿了還是一字未寫，表達了作者與生活瑣事博弈的無奈與苦楚。最後出乎意料的是，報

館被封，文章不急於交了。作者用輕鬆幽默的手法和簡單直白的語言，寫出了平凡一天中的種種細節，讀起來親切有趣，引發讀者共鳴。

必背金句

　　鬧鐘應當，而且果然，在六點半響了。睜開半隻眼，日光還沒射到窗上；把對鬧鐘的信仰改為崇拜太陽，半隻眼閉上了。

　　放下筆墨，一手扣鈕，一手戴帽，跑出去，門口沒有一輛車；不要緊，緊跑幾步，巷口總有車的。心裡想著：和好友握手是何等的快樂；最好強迫他下車，在這裡住哪怕是一天呢，痛快地談一談。

　　身上果然有點發僵，算了吧，什麼也不要想了，快睡！兩眼閉死，可是不睏，數一二三四，越數越有精神。

失眠之夜

萧红

　　為什麼要這樣失眠呢！煩躁，噁心，心跳，膽小，並且想要哭泣。我想想，也許就是故鄉的思慮罷。

　　窗子外面的天空高遠了，和白棉一樣綿軟的雲彩低近了，吹來的風好像帶點草原的氣味，這就是說已經是秋天了。

　　在家鄉那邊，秋天最可愛。

　　藍天藍得有點發黑，白雲就像銀子做成的一樣，就像白色的大花朵似的點綴在天上；就又像沉重得快要脫離開天空而墜了下來似的，而那天空就越顯得高了，高得再沒有那麼高的。

　　昨天我到朋友們的地方去走了一遭，聽來了好多的心願（那許多心願綜合起來，又都是一個心願）。這回若真的打回滿州去。有的說，煮一鍋高粱米粥喝；有的說，咱家那地豆多麼大！說著就用手比量著，這麼碗大；珍珠米，老的一煮就開了花的，一尺來長的；還有的說，高粱米粥、鹹鹽豆。還有的說，若真的打回滿州去，三天二夜不吃飯，打著大旗往家跑。跑到家去自然也免不了先吃高粱米粥或鹹鹽豆。

比方高粱米那東西，平常我就不願意吃，很硬，有點發澀（也許因為我有胃病的關係），可是經他們這一說，也覺得非吃不可了。

但是什麼時候吃呢？那我就不知道了。而況我到底是不怎樣熱烈的，所以關於這一方面，我終究不怎樣親切。

但我想我們那門前的蒿草，我想我們那後園裡開著的茄子的紫色的小花，黃瓜爬上了架。而那清早，朝陽帶著露珠一齊來了！

我一說到蒿草或是黃瓜，三郎就向我擺手或搖頭：「不，我們家，門前是兩棵柳樹，樹蔭交結著做成門形。再前面是菜園，過了菜園就是山。那金字塔形的山峰正向著我們家的門口，而兩邊像蝙蝠的翅膀似的向著村子的東方和西方伸展開去。而後園黃瓜、茄子也種著，最好看的是牽牛花在石頭牆的縫隙爬遍了，早晨帶著露水牽牛花開了……」

「我們家就不這樣，沒有高山，也沒有柳樹……只有……」我常常就這樣打斷他。

有時候，他也不等我說完，他就接下去。我們講的故事，彼此都好像是講給自己聽，而不是為著對方。

只有那麼一天，他買來了一張〈東北富源圖〉掛在牆上了，染著黃色的平原上站著小馬、小羊，還有駱駝，還有牽著駱駝的小人；海上就是些小魚、大魚、黃色的魚，紅色的好像小瓶似的大肚的魚，還有黑色的大鯨魚；而興安嶺和遼寧一帶畫著許多和海濤似的綠色的山脈。

第三章　生活點滴

　　他的家就在離著渤海不遠的山脈中，他的指甲在山脈上爬著：「這是大凌河……這是小凌河……哼……沒有，這個地圖是個不完全的，是個略圖……」

　　「好哇！天天說凌河，哪有凌河呢！」我不知為什麼一提到家鄉，常常願意給他掃興一點。

　　「妳不相信！我給妳看。」他去翻他的書櫥去了，「這不是麼！大凌河……小凌河……小孩的時候在凌河沿上捉小魚，拿到山上去，在石頭上用火烤著吃……這邊就是沈家臺，離我們家二里路……」因為是把地圖攤在地板上看的緣故，一面說著，他一面用手掃著他已經垂在前額的髮梢。

　　〈東北富源圖〉就掛在床頭，所以第二天早晨，我一張開了眼睛，他就抓住了我的手：

　　「我想將來我回家的時候，先買兩匹驢，一匹妳騎著，一匹我騎著……先到我姑姑家，再到我姊姊家……順便也許看看我的舅舅去……我姊姊很愛我……她出嫁以後，每回來一次就哭一次，姊姊一哭，我也哭……這有七八年不見了！也都老了。」

　　那地圖上的小魚，紅的，黑的，都能夠看清，我一邊看著，一邊聽著，這一次我沒有打斷他，或給他掃一點興。

　　「買黑色的驢，掛著鈴子，走起來……噹嘟嘟噹嘟嘟……」他形容著鈴音的時候，就像他的嘴裡邊含著鈴子似的在響。

「我帶妳到沈家臺去趕集。那趕集的日子,熱鬧!驢身上掛著燒酒瓶……我們那邊,羊肉非常便宜……羊肉燉片粉……真是味道!唉呀!這有多少年沒吃那羊肉啦!」他的眉毛和額頭上起著很多皺紋。

我在大鏡子裡邊看到了他,他的手從我的手上抽回去,放在他自己的胸上,而後又反背著放在枕頭下面去,但很快的又抽出來。只理一理他自己的髮梢又放在枕頭上去。

而我,我想:

「你們家對於外來的所謂『媳婦』也一樣嗎?」我想著這樣說了。

這失眠大概也許不是因為這個。但買驢子的買驢子,吃鹹鹽豆的吃鹹鹽豆,而我呢?坐在驢子上,所去的仍是生疏的地方,我停著的仍然是別人的家鄉。

家鄉這個觀念,在我本不甚切的,但當別人說起來的時候,我也就心慌了!雖然那塊土地在沒有成為日本的之前,「家」在我就等於沒有了。

這失眠一直繼續到黎明之前,在高射炮的炮聲中,我也聽到了一聲聲和家鄉一樣的震抖在原野上的雞鳴。

作者簡介

蕭紅,原名張廼瑩,筆名蕭紅、悄吟、玲玲、田娣等。近現代女作家,民國「四大才女」之一,被譽為「1930年代的

第三章　生活點滴

文學洛神」。主要作品有《生死場》、《棄兒》、《馬伯樂》、《呼蘭河傳》等。

作品賞析

　　本文寫於東北淪陷後，作者逃亡到關內，但心中仍然思念著國土。作者透過對思鄉之情的抒發，表達了強烈的愛國情懷，以及對國破家亡的憂慮。

　　文章首先寫到「我」的失眠，緊接著點出失眠的原因是對故鄉的思慮。隨後作者寫出自己回憶起的一件件往事，任思緒隨意飄動。這些往事看似相互之間沒什麼關聯，卻是由「我」的情緒聯結在一起的。本文具有抒情的色彩和詩的意境，融抒情於敘事，展現了作者纖細敏銳的藝術感受力。

必背金句

　　窗子外面的天空高遠了，和白棉一樣綿軟的雲彩低近了，吹來的風好像帶著點草原的氣味，這就是說已經是秋天了。

　　藍天藍得有點發黑，白雲就像銀子做成一樣，就像白色的大花朵似的綴在天上；就又像沉重得快要脫離開天空而墜了下來似的，而那天空就越顯得高了，高得再沒有那麼高的。

但我想我們那門前的蒿草,我想我們那後園裡開著的茄子的紫色的小花,黃瓜爬上了架。而那清早,朝陽帶著露珠一齊來了!

第三章　生活點滴

買書

朱自清

　　買書也是我的嗜好，和抽菸一樣。但這兩件事我其實都不在行，尤其是買書。在北平這地方，像我那樣買，像我買的那些書，說出來真寒磣死人。不過本文所要說的既非訣竅，也算不得經驗，只是些小小的故事，想來也無妨的。

　　在家鄉中學時候，家裡每月給零用一元。大部分都報效了一家廣益書局，取回些雜誌及新書。那老闆姓張，有點兒抽肩膀，老是捧著水菸袋，可是人好，我們不覺得他有市儈氣。他肯給我們這班孩子記帳。每到節下，我總欠他一元多錢。他催得並不怎麼緊，向家裡商量商量，先還個一元也就成了。那時候最愛讀的一本《佛學易解》（賈豐臻著，中華書局印行）就是從張手裡買的。那時候不買舊書，因為家裡有。只有一回，不知哪兒來檢[13]《文心雕龍》的名字，急著想看，便去舊書鋪訪求：有一家拿出一部廣州套版的，要一元錢，買不起；後來另買到一部，書品也還好，紙墨差些，卻只花了小洋三角。這部書還在，兩三年前給換上了磁青紙的皮兒，卻顯得配不上。

---

[13] 檢：同「撿」。

到北平來上學入了哲學系,還是喜歡找佛學書看。那時候佛經流通處在西城臥佛寺街鷲峰寺。在街口下了車,一直走,快到城根兒了,才看見那個寺。那是個陰沉沉的秋天下午,街上只有我一個人。到寺裡買了《因明入正理論疏》《百法明門論疏》《翻譯名義集》等。這股傻勁兒回味起來頗有意思,正像那回從天壇出來,挨著城根,獨自個兒,探險似的穿過許多沒人走的鹼地去訪陶然亭一樣。在畢業的那年,到琉璃廠華洋書莊去,看見新版韋伯斯特大字典,定價才十四元。可是十四元並不容易找。想來想去,只好硬了心腸將結婚時候父親給做的一件紫毛(貓皮)水獺領大氅親手拿著,走到後門一家當舖裡去,說當十四元錢。櫃上人似乎沒有什麼留難就答應了。這件大氅是布面子,土式樣,領子小而毛雜——原是用了兩副「馬蹄袖」拼湊起來的。父親給做這件衣服,可很費了點張羅。拿去當的時候,也躊躇了一下,卻終於捨不得那本字典。想著將來準贖出來就是了。想不到竟不能贖出來,這是直到現在翻那本字典時常引為遺憾的。

　　重來北平之後,有一年忽然想搜集一些杜詩。一家小書鋪叫文雅堂的給找了不少,都不算貴。那夥計是個麻子,一臉笑,是舖子裡少掌櫃的。舖子靠他父親支持,並沒有什麼好書,去年他父親死了,他本人不大內行,讓夥計吃了,現在長遠不來了,他不知怎麼樣。說起杜詩,有一回,一家書鋪送來高麗本《杜律分韻》,兩本書,索價三百元。書極不相干而索價如此之高,荒謬之至,況且書面上原購者明明寫著「以銀二兩得之」。第二天另一家送來一樣的書,只要二元

第三章　生活點滴

錢，我立刻買下。北平的書價，離奇有如此者。

　　舊曆正月裡廠甸的書攤值得看，有些人天天巡禮去。我住得遠，每年只去一個下午——上午攤兒少。土地祠內外人山人海摩肩接踵地來往。也買過些零碎東西，其中有一本是《倫敦竹枝詞》，花了三毛錢。買來以後，恰好《論語》要稿子，選抄了些寄去，加上一點說明，居然得著五元稿費。這是僅有的一次，買的書賺了錢。

　　在倫敦的時候，從寓所出來，走過近旁小街。有一家小書店門口擺著一架舊書。上前去徘徊了一下，看見一本《牛津書話選》(The book Lovers' Anthology)，燙花布面，裝訂不馬虎，四百多面，本子也不小，準有七八成新，才一先令六便士，那時合中國一元三毛錢，比東安市場舊洋書還賤些。這選本節錄許多名家詩文，說到書的各方面的，性質有點像葉德輝氏《書林清話》，但不像《清話》有系統；他們旨趣原是兩樣的。因為買這本書，結識了那掌櫃的，他以後給我找了不少便宜的舊書。有一種書，他找不到舊的，便和我說，他們批購新書按七五扣，他願意少賺一扣，按九扣賣給我。我沒有要他這麼辦，但是很感謝他的好意。

作者簡介

　　朱自清，原名自華，號秋實，後改名自清，字佩弦。現代著名散文家、詩人、學者。主要作品有《蹤跡》、《背影》、《歐遊雜記》、《倫敦雜記》等。

作品賞析

本文講述了朱自清先生多年來買書的經歷，即使生活清貧也阻擋不了他買書的熱情，展現了他對書無法割捨的喜愛。文中敘述作者為了一本四十元的詞典，把父親送他的大氅當了；搜集杜詩，遇到要價荒謬的賣家；透過買《論語》選抄而賺了五元稿費。後來，作者到了倫敦，依然常常逛書店淘舊書，因而和書店老闆成為了朋友。

作者將買書這件小事描寫得豐富有趣，展現出作者在簡樸艱難的生活中，仍然保有對知識的渴求和對生活的熱愛。

必背金句

在街口下了車，一直走，快到城根兒了，才看見那個寺。那是個陰沉沉的秋天下午，街上只有我一個人。

父親給做這件衣服，可很費了點張羅。拿去當的時候，也躊躇了一下，卻終於捨不得那本字典。想著將來準贖出來就是了。想不到竟不能贖出來，這是直到現在翻那本字典時常引為遺憾的。

第三章　生活點滴

宴之趣

鄭振鐸

　　雖然是冬天，天氣卻不怎麼冷，雨點淅淅瀝瀝的滴個不已，灰色雲是瀰漫著；火爐的火是熄下了，在這樣的秋天似的天氣中，生了火爐未免是過於燠暖了。家裡一個人也沒有，他們都出外「應酬」去了。獨自在這樣的房裡坐著，讀書的興趣也引不起，偶然的把早晨的日報翻著，翻著，看看它的廣告，忽然想起去看《Merry Widow》吧。於是獨自的上了電車，到派克路跳下了。

　　在黑漆的影戲院中，樂隊悠揚地奏著樂，白幕上的黑影，坐著，立著，追著，哭著，笑著，愁著，怒著，戀著，失望著，決鬥著，還不是那一套，他們寫了又寫，演了又演的那一套故事。

　　但至少，我是把第一句話記在心上了：

　　「有多少次，我是餓著肚子從晚餐席上跑開了。」

　　這是一句雋妙無比的名句；借來形容我們宴會無虛日的交際社會，真是很確切的。

　　每一個商人，每一個官僚，每一個略略交際廣了些的人，差不多他們的每一個黃昏，都是消磨在酒樓菜館之中

的。有的時候,一個黃昏要趕著去赴三四處的宴會。這些忙碌的交際者真是妓女一樣,在這裡坐一坐,就走開了,又趕到別一個地方去了,在那一個地方又只略坐一坐,又趕到再一個地方去了。他們的肚子定是不會飽的,我想。有幾個這樣的交際者,當酒闌燈炧,應酬完畢之後,定是回到家中,叫底下人燒了稀飯來堆補空腸的。

我們在廣漠繁華的上海,簡直是一個村氣十足的「鄉下人」,我們住的是鄉下,到「上海」去一趟是不容易的,我們過的是鄉間的生活,一月中難得有幾個黃昏是在「應酬」場中度過的。有許多人也許要說我們是「孤介」,那是很清高的一個名辭。但我們實在不是如此,我們不過是不慣征逐於酒肉之場,始終保持著不大見世面的「鄉下人」的色彩而已。

偶然的有幾次,承一二個朋友的好意,邀請我們去赴宴。在座的至多只有三四個熟人,那一半的生客,還要主人介紹或自己去請教尊姓大名,或交換名片,把應有的初見面的應酬的話訥訥地說完了之後,便默默的相對無言了。說的話都不是有著落,都不是從心裡發出的;泛泛的,是幾個音聲,由喉嚨頭溜到口外的而已。過後自己想起那樣的敷衍的對話,未免要為之失笑。如此的,說是一個黃昏在繁燈絮語之宴席上度過了,然而那是如何沒有生趣的一個黃昏呀!

有幾次,席上的生客太多了,除了主人之外沒有一個是認識的;請教了姓名之後,也隨即忘記了。除了和主人說幾句話之外,簡直的無從和他們談起。不曉得他們是什麼行

第三章　生活點滴

業，不曉得他們是什麼性質的人，有話在口頭也不敢隨意地高談起來。那一席宴，真是如坐針氈；精美的羹菜，一碗碗地捧上來，也不知是什麼味兒。終於忍不住了，只好向主人撒一個謊，說身體不大好過，或說是還有應酬，一定要去的。——如果在謠言很多的這幾天當然是更好託辭了，說我怕戒嚴提早，要被留在華界之外——雖然這是無禮貌的，不大應該的，雖然主人是照例的殷勤的留著，然而我卻不顧一切地不得不走了。這個黃昏實在是太難捱得過去了！回到家裡以後，買了一碗稀飯，即使只有一小盞蘿蔔乾下稀飯，反而覺得舒暢，有意味。

　　如果有什麼友人做喜事，或壽事，在某某花園，某某旅社的大廳裡，大張旗鼓地宴客，不幸我們是被邀請了，更不幸我們是太熟的友人，不能不到，也不能道完了喜或拜完了壽，立刻就託辭溜走的，於是這又是一個可怕的黃昏。常常的張大了兩眼，在尋找熟人。好容易找到了，一定要緊緊地和他們擠在一處，不敢失散。到了坐席時，便至少有兩三人在一塊兒可以談談了，不至於一個人獨自地局促在一群生面孔的人當中，惶恐而且空虛。當我們兩三個人在津津地談著自己的事時，偶然抬起眼來看著對面的一個坐客，他是悽然無侶地坐著；大家酒杯舉了，他也舉著；菜來了，一個人說：「請，請，」同時把牙箸伸到盤邊，他也說：「請，請，」也同樣的把牙箸伸出。除了吃菜之外，他沒有目的，菜完了，他便局促地獨坐著。我們見了他，總要代他難過，然而他終於

能夠終了席方才起身離座。

　　宴會之趣味如果僅是這樣的，那末，我們將詛咒那第一個發明請客的人；喝酒的趣味如果僅是這樣的，那末，我們也將打倒杜康與狄奧尼修士了。

　　然而又有的宴會卻幸而並不是這樣的；我們也還有別的可以引起喝酒的趣味的環境。

　　獨酌，據說，那是很有意思的。我少時，常見祖父一個人執了一把錫的酒壺，把黃色的酒倒在白瓷小杯裡，舉了杯獨酌著；喝了一小口，真正一小口，便放下了，又拿起筷子來夾菜。因此，他食得很慢，大家的飯碗和筷子都已放下了，且已離座了，而他卻還在舉著酒杯，不匆不忙地喝著。他的吃飯，尚在再一個半點鐘之後呢。而他喝著酒，顏微酡著，常常叫道：「孩子，來，」而我們便到了他的跟前。他夾了一塊只有他獨享著的菜蔬放在我們口中，問道：「好吃麼？」我們往往以點點頭答之。在孫男與孫女中，他特別的喜歡我，叫我前去的時候尤多。常常的，他把有了短髭的嘴吻著我的面頰，微微有些刺痛，而他的酒氣從他的口鼻中直噴出來。這是使我很難受的。

　　這樣的，他消磨過了一個中午和一個黃昏。天天都是如此。我沒有享受過這樣的樂趣。然而回想起來，似乎他那時是非常的高興，他是陶醉著，為快樂的霧所圍著，似乎他的沉重的憂鬱都從心上移開了，這裡便是他的全個世界，而全個世界也便是他的。

第三章　生活點滴

　　別一個宴之趣,是我們近幾年常常領略到的,那就是集合了好幾個無所不談的朋友,全座沒有一個生面孔,在隨意地喝著酒,吃著菜,上天下地地談著。有時說著很輕妙的話,說著很可發笑的話,有時是如火如劍的激動的話,有時是深切地論學談藝的話,有時是隨意地取笑著,有時是面紅耳赤地爭辯著,有時是高妙的理想在我們的談鋒上觸著,有時是戀愛的遇合與家庭的與個人的身世使我們談個不休。每個人都把他的心胸赤裸裸地袒開了,每個人都把他的向來不肯給人看的面孔顯露出來了;每個人都談著,談著,談著,只有更興奮地談著,毫不覺得「疲倦」是怎麼一個樣子。酒是喝得乾了,菜是已經沒有了,而他們卻還是談著,談著,談著。那個地方,即使是很喧鬧的,很湫狹的,向來所不願意多坐的,而這時大家卻都忘記了這些事,只是談著,談著,談著,沒有一個人願意先說起告別的話。要不是為了戒嚴或家庭的命令,竟不會有人想走開的。雖然這些閒談都是瑣屑之至的,都是無意味的,而我們卻已在其間得到宴之趣了;──其實在這些閒談中,我們是時時可發現許多珠寶的;大家都互相的受著影響,大家都更進一步了解他的同伴,大家都可以從那裡得到些教益與利益。

　　「再喝一杯,只要一杯,一杯。」

　　「不,不能喝了,實在的。」

　　不會喝酒的人每每這樣的被強迫著而喝了過量的酒。面部紅紅的,映在燈光之下,是向來所未有的壯美的豐采。

「聖陶，乾一杯，乾一杯，」我往往的舉起杯來對著他說，我很喜歡一口一杯地喝酒的。

「慢慢的，不要這樣快，喝酒的趣味，在於一小口一小口地喝，不在於『乾杯』，」聖陶反抗似的說，然而終於他是一口乾了。一杯又是一杯。

連不會喝酒的愈之，雁冰，有時，竟也被我們強迫地乾了一杯。於是大家闐然的大笑，是發出於心之絕底的笑。

再有，佳年好節，闔家團圓地坐在一桌上，放了十幾雙的紅漆筷子，連不在家中的人也都放著一雙筷子，都排著一個座位。小孩子笑孜孜地鬧著吵著，母親和祖母溫和地笑著，妻子忙碌著，指揮著廚房中廳堂中僕人們做菜，端菜，那也是特有一種融融洩洩的樂趣，為孤獨者所妒羨不置的，雖然並沒有和同伴們同在時那樣的宴之趣。

還有，一對戀人獨自在酒店的密室中晚餐；還有，從戲院中偕了妻子出來，同登酒樓喝一二杯酒；還有，伴著祖母或母親在熊熊的爐火旁邊，放了幾碟小菜，閒吃著宵夜的酒，那都是使身臨其境的人心醉神怡的。

宴之趣是如此的不同呀！

作者簡介

鄭振鐸，字西諦，筆名有郭源新、落雪、西諦等。現代社會活動家、作家、詩人、學者、文學評論家、文學史家、

翻譯家、藝術史家。主要作品有《貓》、《我是少年》、《中國俗文學史》、《取火者的逮捕》等。

作品賞析

鄭振鐸先生常常受邀參加各種宴會，基於自身的經驗和感受，他寫出了這篇文章。作者在文章中寫了三種不同類型的宴會：交際之宴、無趣之宴、有趣之宴。

雖然題目叫《宴之趣》，但作者開頭先講為應酬而參加的宴會，用幽默的語言呈現交際之宴中的虛假奉承，無趣之宴中的尷尬局促。之後作者筆鋒一轉，寫了自己覺得真正有趣的宴會：獨自小酌、好友聚會、家人團聚，還有日常生活中的浪漫晚餐、戲後喝酒、家中宵夜。

有趣之宴有很多，但其總的特點是放鬆、真實，有情感的自然流露。

必背金句

然而回想起來，似乎他那時是非常的高興，他是陶醉著，為快樂的霧所圍著，似乎他的沉重的憂鬱都從心上移開了，這裡便是他的全個世界，而全個世界也便是他的。

有時說著很輕妙的話，說著很可發笑的話，有時是如火

如劍的激動的話,有時是深切地論學談藝的話,有時是隨意地取笑著,有時是面紅耳赤地爭辯著,有時是高妙的理想在我們的談鋒上觸著,有時是戀愛的遇合與家庭的與個人的身世使我們談個不休。

第三章　生活點滴

第四章　四季更替

> 至於秋風的犀利，可以洗盡積垢；秋月的明澈，可以照燭幽微；秋是又犀利又瀟灑，不拘不束的一位藝術家的象徵。

第四章　四季更替

春的林野

許地山

　　春光在萬山環抱裡，更是洩漏得遲。那裡的桃花還是開著；漫遊的薄雲從這峰飛過那峰，有時稍停一會，為的是擋住太陽，教地面的花草在它的蔭下避避光焰的威嚇。

　　巖下的蔭處和山溪的旁邊，滿長了薇蕨[14]和其他鳳尾草。紅、黃、藍、紫的小草花，點綴在綠茵上頭。

　　天中的雲雀，林中的金鶯，都鼓起牠們的舌簧。輕風把牠們的聲音擠成一片，分送給山中各樣有耳無耳的生物。桃花聽得入神，禁不住落了幾點粉淚，一片一片凝在地上。小草花聽得大醉，也和著聲音的節拍一會倒，一會起，沒有鎮定的時候。

　　林下一班孩子正在那裡撿桃花的落瓣哪。他們撿著，清兒忽嚷起來，道：「嗄，爸爸來了！」眾孩子住了手，都向桃林的盡頭盼望。果然爸爸也在那裡摘草花。

　　清兒道：「我們今天可要試試阿桐的本領了。若是他能辦得到，我們都把花瓣穿成一串瓔珞[15]圍在他身上，封他為大

---

[14] 薇蕨：指薇和蕨兩種蕨類植物，嫩葉都可作蔬菜食用。
[15] 瓔珞：古代用珠玉串成的裝飾品，多用作頸飾。

哥,如何?」

眾人都答應了。

阿桐走到邕邕面前,道:「我們正等著妳來呢。」

阿桐的左手盤在邕邕的脖上,一面走,一面說:「今天他們要替妳辦嫁妝,教妳做我的妻子。妳能做我的妻子麼?」

邕邕狠視了阿桐一下,回頭用手推開他,不許他的手再搭在自己脖上。孩子們都笑得支持不住了。

眾孩子嚷道:「我們見過邕邕用手推人了!阿桐贏了!」

邕邕從來不會拒絕人,阿桐怎能知道一說那話,就能使她動手呢?是春光的蕩漾,把他這種心思泛出來呢?或者天地之心就是這樣呢?

你且看:漫遊的薄雲還是從這峰飛過那峰。

你且聽:雲雀和金鶯的歌聲還布滿了空中和林中。在這萬山環抱的桃林中,除那班愛鬧的孩子以外,萬物把春光領略得心眼都迷濛了。

作者簡介

　　許地山,名贊堃,字地山,筆名落華生,現代著名小說家、散文家,「五四」時期新文學運動先驅者之一。主要作品有《危巢墜簡》、《空山靈雨》、《印度文學》等。

第四章　四季更替

作品賞析

　　本文以寫實的筆調，描繪了一幅生機勃勃、充滿生命力的景象。

　　作者首先描述了被寒氣籠蓋了好些日子的大山變得生機盎然起來。桃花、薄雲、輕風展示出春的到來；桃花開了，一陣陣帶著暖意的風不時地吹落幾片花瓣；各色小草花將地面點綴得奼紫嫣紅。天上的雲雀、林中的金鶯也在用自己的歌喉唱著美妙動聽的迎春曲。

　　在這春意瀰漫的景色中，一群大山的孩子在絢爛的桃林裡嬉鬧玩耍，為景色增添了歡樂氣氛，展現了一幅真實、美好的畫面。

必背金句

　　春光在萬山環抱裡，更是洩漏得遲。那裡的桃花還是開著；漫遊的薄雲從這峰飛過那峰，有時稍停一會，為的是擋住太陽，教地面的花草在它的蔭下避避光焰的威嚇。

　　巖下的蔭處和山溪的旁邊，滿長了薇蕨和其他鳳尾草。紅、黃、藍、紫的小草花，點綴在綠茵上頭。

　　天中的雲雀，林中的金鶯，都鼓起牠們的舌簧。輕風把牠們的聲音擠成一片，分送給山中各樣有耳無耳的生物。桃

花聽得入神，禁不住落了幾點粉淚，一片一片凝在地上。小草花聽得大醉，也和著聲音的節拍一會倒，一會起，沒有鎮定的時候。

第四章 四季更替

揚州的夏日

朱自清

　　揚州從隋煬帝以來，是詩人文士所稱道的地方；稱道得多了，稱道得久了，一般人便也隨聲附和起來。直到現在，你若向人提起揚州這個名字，他會點頭或搖頭說：「好地方！好地方！」特別是沒去過揚州而唸過些唐詩的人，在他心裡，揚州真像蜃樓海市一般美麗；他若唸過《揚州畫舫錄》一類書，那更了不得了。但在一個久住揚州像我的人，他卻沒有那麼多美麗的幻想，他的憎惡也許掩住了他的愛好；他也許離開了三四年並不去想它。若是想呢，——你說他想什麼？女人；不錯，這似乎也有名，但怕不是現在的女人吧？——他也只會想著揚州的夏日，雖然與女人仍然不無關係的。

　　北方和南方一個大不同，在我看，就是北方無水而南方有。誠然，北方今年大雨，永定河、大清河甚至決了堤防，但這並不能算是有水；北平的三海和頤和園雖然有點兒水，但太平衍了，一覽而盡，船又那麼笨頭笨腦的。有水的仍然是南方。揚州的夏日，好處大半便在水上——有人稱為「瘦西湖」，這個名字真是太「瘦」了，假西湖之名以行，「雅得這

樣俗」，老實說，我是不喜歡的。下船的地方便是護城河，曼衍開去，曲曲折折，直到平山堂，——這是你們熟悉的名字——有七八里河道，還有許多枒枒椏椏的支流。這條河其實也沒有頂大的好處，只是曲折而有些幽靜，和別處不同。

沿河最著名的風景是小金山、法海寺、五亭橋；最遠的便是平山堂了。金山你們是知道的，小金山卻在水中央。在那裡望水最好，看月自然也不錯——可是我還不曾有過那樣福氣。「下河」的人十之九是到這裡的，人不免太多些。法海寺有一個塔，和北海的一樣，據說是乾隆皇帝下江南，鹽商們連夜督促匠人造成的。法海寺著名的自然是這個塔；但還有一椿，你們猜不著，是紅燒豬頭。夏天吃紅燒豬頭，在理論上也許不甚相宜；可是在實際上，揮汗吃著，倒也不壞的。五亭橋如名字所示，是五個亭子的橋。橋是拱形，中一亭最高，兩邊四亭，參差相稱；最宜遠看，或看影子，也好。橋洞頗多，乘小船穿來穿去，另有風味。平山堂在蜀岡上。登堂可見江南諸山淡淡的輪廓；「山色有無中」一句話，我看是恰到好處，並不算錯。這裡遊人較少，閒坐在堂上，可以永日。沿路光景，也以閒寂勝。從天寧門或北門下船。蜿蜒的城牆，在水裡倒映著蒼黝的影子，小船悠然地撐過去，岸上的喧擾像沒有似的。

船有三種：大船專供宴遊之用，可以挾妓或打牌。小時候常跟了父親去，在船裡聽著謀得利洋行的唱片。現在這樣乘船的大概少了吧？其次是「小划子」，真像一瓣西瓜，由一

第四章 四季更替

個男人或女人用竹篙撐著。乘的人多了,便可僱兩只,前後用小凳子跨著:這也可算得「方舟」了。後來又有一種「洋划」,比大船小,比「小划子」大,上支布篷,可以遮日遮雨。「洋划」漸漸地多,大船漸漸地少,然而「小划子」總是有人要的。這不獨因為價錢最賤,也因為它的伶俐。一個人坐在船中,讓一個人站在船尾上用竹篙一下一下地撐著,簡直是一首唐詩,或一幅山水畫。而有些好事的少年,願意自己撐船,也非「小划子」不行。「小划子」雖然便宜,卻也有些分別。譬如說,你們也可想到的,女人撐船總要貴些;姑娘撐的自然更要貴囉。這些撐船的女子,便是有人說過的「瘦西湖上的船娘」。船娘們的故事大概不少,但我不很知道。據說以亂頭粗服,風趣天然為勝;中年而有風趣,也仍然算好。可是起初原是逢場作戲,或尚不傷廉惠;以後居然有了價格,便覺意味索然了。

北門外一帶,叫做下街,「茶館」最多,往往一面臨河。船行過時,茶客與乘客可以隨便招呼說話。船上人若高興時,也可以向茶館中要一壺茶,或一兩種「小籠點心」,在河中喝著,吃著,談著。回來時再將茶壺和所謂小籠,連價款一併交給茶館中人。撐船的都與茶館相熟,他們不怕你白吃。揚州的小籠點心實在不錯,我離開揚州,也走過七八處大大小小的地方,還沒有吃過那樣好的點心;這其實是值得惦記的。茶館的地方大致總好,名字也頗有好的。如香影廊、綠楊村、紅葉山莊,都是到現在還記得的。綠楊村的幌

子，掛在綠楊樹上，隨風飄展，使人想起「綠楊城郭是揚州」的名句。裡面還有小池、叢竹、茅亭，景物最幽。這一帶的茶館布置都歷落有致，迥非上海、北平方方正正的茶樓可比。

「下河」總是下午。傍晚回來，在暮靄朦朧中上了岸，將大褂折好搭在腕上，一手微微搖著扇子；這樣進了北門或天寧門走回家中。這時候可以唸「又得浮生半日閒」那一句詩了。

作者簡介

朱自清，原名自華，號秋實，後改名自清，字佩弦。現代著名散文家、詩人、學者。主要作品有《蹤跡》、《背影》、《歐遊雜記》、《倫敦雜記》等。

作品賞析

朱自清在揚州住過十多年，開篇就說，因久住揚州，不像一般人那樣對揚州抱有很多幻想，降低了讀者的期待，隨後又寫到那令作者懷念的揚州夏日風光，採用先抑後揚的寫作手法，增強了文章的說服力。作者認為揚州夏日的好處「大半在水上」，於是扣住「水」字做起了文章。先寫揚州的水和別處不同，「曲折而有些幽靜」。順著水流，作者如同一位知識淵博的導遊，依次描寫了小金山、法海寺、五亭橋這幾處揚州著名的風景，講述了在水上坐「小划子」、船中喝茶吃

第四章　四季更替

點心的悠閒，不時引用一些優美詩詞和歷史故事來為文章增添情趣。最後，作者的筆墨又從湖上過渡到岸上，頓時使文章又多了些煙火氣，讓人生出更多的親近、嚮往之感。

必背金句

　　橋是拱形，中一亭最高，兩邊四亭，參差相稱；最宜遠看，或看影子，也好。橋洞頗多，乘小船穿來穿去，另有風味。

　　蜿蜒的城牆，在水裡倒映著蒼黝的影子，小船悠然地撐過去，岸上的喧擾像沒有似的。

　　一個人坐在船中，讓一個人站在船尾上用竹篙一下一下地撐著，簡直是一首唐詩，或一幅山水畫。

　　傍晚回來，在暮靄朦朧中上了岸，將大褂折好搭在腕上，一手微微搖著扇子；這樣進了北門或天寧門走回家中。這時候可以唸「又得浮生半日閒」那一句詩了。

我願秋常駐人間

廬隱

　　提到秋，誰都不免有一種悽迷哀涼的色調，浮上心頭；更試翻古往今來的騷人、墨客，在他們的歌詠中，也都把秋染上悽迷哀涼的色調，如李白的〈秋思〉：「……天秋木葉下，月冷莎雞悲，坐愁群芳歇，白露凋華滋。」柳永的〈雪梅香辭〉：「景蕭索，危樓獨立面晴空。動悲秋情緒，當時宋玉應同。」周密的〈聲聲慢〉：「對西風休賦登樓，怎去得，怕淒涼時節，團扇悲秋。」

　　這種悽迷哀涼的色調，便是美的元素，這種美的元素只有「秋」才有。也只有在「秋」的季節中，人們才體驗得出，因為一個人在感官被極度的刺激和壓軋的時候，常會使心頭麻木。故在盛夏悶熱時，或在嚴冬苦寒中，心靈永遠如蟲類的蟄伏。等到一聲秋風吹到人間，也正等於一聲春雷，震動大地，把一些僵木的靈魂如蟲類般地喚醒了。

　　靈魂既經甦醒，靈的感官便與世界萬匯相接觸了。於是見到階前落葉蕭蕭下，而聯想到不盡長江滾滾來，更因其特別自由敏感的神經，而感到不盡的長江是千古常存，而倏忽的生命，譬諸曇花一現。於是悲來填膺，愁緒橫生。

第四章　四季更替

　　這就是提到秋，誰都不免有一種悽迷哀涼的色調，浮上心頭的原因了。

　　其實秋是具有極豐富的色彩，極活潑的精神的，它的一切現象，並不像敏感的詩人墨客所體驗的那種悽迷哀涼。

　　當霜薄風清的秋晨，漫步郊野，你便可以看見如火般的顏色染在楓林，柿叢，和濃紫的顏色潑滿了山巔天際，簡直是一個氣魄偉大的畫家的大手筆，任意趣之所之，勾抹塗染，自有其雄偉的豐姿，又豈是纖細的春景所能望其項背？

　　至於秋風的犀利，可以洗盡積垢；秋月的明澈，可以照燭幽微；秋是又犀利又瀟灑，不拘不束的一位藝術家的象徵。這種色調，實可以甦醒現代困悶人群的靈魂，因此我願秋常駐人間！

作者簡介

　　廬隱，原名黃淑儀，又名黃英，五四時期著名的作家，與冰心、林徽因並稱為「福州三大才女」。主要作品有〈地上的樂園〉、《曼麗》、《靈海潮汐》、《象牙戒指》等。

作品賞析

　　本文首先描寫了秋天帶給人們的普遍感受，即「悽迷哀涼的色調」，又列舉了歷代文人對秋的描寫，例如李白的「月

冷莎雞悲」、「坐愁群芳歇」，柳永的「景蕭索，危樓獨立面晴空。動悲秋情緒，當時宋玉應同」。作者認為，這種悽迷哀涼，是美的元素。在作者眼中，秋也有明亮動人的一面：火般的顏色、犀利的秋風、皎潔的秋月和純淨的空氣。秋所蘊含的幽美意境，令作者感嘆：「願秋常駐人間！」

必背金句

　　靈魂既經甦醒，靈的感官便與世界萬匯相接觸了。於是見到階前落葉蕭蕭下，而聯想到不盡長江滾滾來，更因其特別自由敏感的神經，而感到不盡的長江是千古常存，而倏忽的生命，譬諸曇花一現。於是悲來填膺，愁緒橫生。

　　當霜薄風清的秋晨，漫步郊野，你便可以看見如火般的顏色染在楓林，柿叢，和濃紫的顏色潑滿了山巔天際，簡直是一個氣魄偉大的畫家的大手筆，任意趣之所之，勾抹塗染，自有其雄偉的豐姿，又豈是纖細的春景所能望其項背？

　　至於秋風的犀利，可以洗盡積垢；秋月的明澈，可以照燭幽微；秋是又犀利又瀟灑，不拘不束的一位藝術家的象徵。

第四章　四季更替

江南的冬景

郁達夫

　　凡在北國過過冬天的人,總都道圍爐煮茗,或吃煊羊肉,剝花生米,飲白干的滋味。而有地爐、暖炕等設備的人家,不管它門外面是雪深幾尺,或風大若雷,而躲在屋裡過活的兩三個月的生活,卻是一年之中最有勁的一段蟄居異境;老年人不必說,就是頂喜歡活動的小孩子們,總也是個個在懷戀的,因為當這中間,有的蘿蔔、雅兒梨等水果的閒食,還有大年夜,正月初一元宵等熱鬧的節期。

　　但在江南,可又不同;冬至過後,大江以南的樹葉,也不至於脫盡。寒風──西北風──間或吹來,至多也不過冷了一日兩日。到得灰雲掃盡,落葉滿街,晨霜白得像黑女臉上的脂粉似的清早,太陽一上屋簷,鳥雀便又在吱叫,泥地裡便又放出水蒸氣來,老翁小孩就又可以上門前的隙地裡去坐著曝背談天,營屋外的生涯了;這一種江南的冬景,豈不也可愛得很麼?

　　我生長江南,兒時所受的江南冬日的印象,銘刻特深;雖則漸入中年,又愛上了晚秋,以為秋天正是讀讀書、寫寫字的人的最惠節季,但對於江南的冬景,總覺得是可以抵得

過北方夏夜的一種特殊情調，說得摩登些，便是一種明朗的情調。

　　我也曾到過閩粵，在那裡過冬天，和暖原極和暖，有時候到了陰曆的年邊，說不定還不得不拿出紗衫來著；走過野人的籬落，更還看得見許多雜七雜八的秋花！一番陣雨雷鳴過後，涼冷一點；至多也只好換上一件袷衣，在閩粵之間，皮袍棉襖是絕對用不著的；這一種極南的氣候異狀，並不是我所說的江南的冬景，只能叫它作南國的長春，是春或秋的延長。

　　江南的地質豐腴而潤澤，所以含得住熱氣，養得住植物；因而長江一帶，蘆花可以到冬至而不敗，紅葉也有時候會保持得三個月以上的生命。像錢塘江兩岸的烏桕樹，則紅葉落後，還有雪白的桕子著在枝頭，一點一叢，用照相機照將出來，可以亂梅花之真。草色頂多成了赭色，根邊總帶點綠意，非但野火燒不盡，就是寒風也吹不倒的。若遇到風和日暖的午後，你一個人肯上冬郊去走走，則青天碧落之下，你不但感不到歲時的肅殺，並且還可以飽覺著一種莫名其妙的含蓄在那裡的生氣；「若是冬天來了，春天也總馬上會來」的詩人的名句，只有在江南的山野裡，最容易體會得出。

　　說起了寒郊的散步，實在是江南的冬日，所給與江南居住者的一種特異的恩惠；在北方的冰天雪地裡生長的人，是終他的一生，也決不會有享受這一種清福的機會的。我不知道德國的冬天，比起我們江浙來如何，但從許多作家的喜

第四章　四季更替

歡以 Spaziergang 一字來做他們的創造題目的一點看來，大約是德國南部地方，四季的變遷，總也和我們的江南差仿不多。譬如說十九世紀的那位鄉土詩人洛在格（Peter Rosegger, 1843-1918）罷，他用這一個「散步」做題目的文章尤其寫得多，而所寫的情形，卻又是大半可以拿到中國江浙的山區地方來適用的。

江南河港交流，且又地濱大海，湖沼特多，故空氣裡時含水分；到得冬天，不時也會下著微雨，而這微雨寒村裡的冬霖景象，又是一種說不出的悠閒境界。你試想想，秋收過後，河流邊三五家人家會聚在一道的一個小村子裡，門對長橋，窗臨遠阜，這中間又多是樹枝槎丫的雜木樹林；在這一幅冬日農村的圖上，再灑上一層細得同粉也似的白雨，加上一層淡得幾不成墨的背景，你說還夠不夠悠閒？若再要點景緻進去，則門前可以泊一隻烏篷小船，茅屋裡可以添幾個喧譁的酒客，天垂暮了，還可以加一味紅黃，在茅屋窗中畫上一圈暗示著燈光的月暈。人到了這一個境界，自然會得胸襟灑脫起來，終至於得失俱亡，死生不問了；我們總該還記得唐朝那位詩人做的「暮雨瀟瀟江上村」的一首絕句罷？詩人到此，連對綠林豪客都客氣起來了，這不是江南冬景的迷人又是什麼？

一提到雨，也就必然地要想到雪：「晚來天欲雪，能飲一杯無？」自然是江南日暮的雪景。「寒沙梅影路，微雪酒香村」，則雪月梅的冬宵三友，會合在一道，在調戲酒姑娘

了。「柴門聞犬吠，風雪夜歸人」，是江南雪夜，更深人靜後的景況。「前樹深雪裡，昨夜一枝開」又到了第二天的早晨，和狗一樣喜歡弄雪的村童來報告村景了。詩人的詩句，也許不盡是在江南所寫，而作這幾句詩的詩人，也許不盡是江南人，但假了這幾句詩來描寫江南的雪景，豈不直截了當，比我這一枝愚劣的筆所寫的散文更美麗得多？

　　有幾年，在江南也許會沒有雨沒有雪地過一個冬，到了春間陰曆的正月底或二月初再冷一冷下一點春雪的；去年（一九三四）的冬天是如此，今年的冬天恐怕也不得不然，以節氣推算起來，大約太冷的日子，將在一九三六年的二月盡頭，最多也總不過是七八天的樣子。像這樣的冬天，鄉下人叫做旱冬，對於麥的收成或者好些，但是人口卻要受到損傷；旱得久了，白喉、流行性感冒等疾病自然容易上身，可是想恣意享受江南的冬景的人，在這一種冬天，倒只會得到快活一點，因為晴和的日子多了，上郊外去閒步逍遙的機會自然也多；日本人叫做 Hiking，德國人叫做 Spaziergang 狂者，所最歡迎的也就是這樣的冬天。

　　窗外的天氣晴朗得像晚秋一樣；晴空的高爽，日光的洋溢，引誘得使你在房間裡坐不住，空言不如實踐，這一種無聊的雜文，我也不再想寫下去了，還是拿起手杖，擱下紙筆，上湖上散散步罷！

第四章　四季更替

作者簡介

郁達夫，原名郁文，字達夫，現代小說家、散文家、詩人、革命烈士。郁達夫是新文學團體創造社的發起人之一，一位為抗日救國而殉難的愛國主義作家。主要作品有〈懷魯迅〉、《沉淪》、〈故都的秋〉、《春風沉醉的晚上》、《過去》、《遲桂花》等。

作品賞析

本文創作於一九三五年，是郁達夫的散文名篇，文中語言行雲流水、誠摯坦白，富含審美意蘊。作者用多層次對比來表達對江南的冬景的熱愛：將北方的冬天和江南的冬天對比，突出江南的冬天的情暖溫和；透過江南的秋天和冬天的比較，突出江南的冬天獨有的明朗情調；透過德國的冬天和江南的冬天的比較，突出江南的冬天的詩意。

作者對江南的冬景的描寫是多角度的，先後描寫了冬季陽光下的曝背談天、明麗且充滿生氣的東郊植被、朦朧悠遠的寒村微雨、寧靜優美的江南雪景、高爽晴空下的冬日散步，表達了作者對江南的冬景的鍾愛。

必背金句

到得灰雲掃盡，落葉滿街，晨霜白得像黑女臉上的脂粉似的清早，太陽一上屋簷，鳥雀便又在吱叫，泥地裡便又放出水蒸氣來，老翁小孩就又可以上門前的隙地裡去坐著曝背談天，營屋外的生涯了；這一種江南的冬景，豈不也可愛得很麼？

草色頂多成了赭色，根邊總帶點綠意，非但野火燒不盡，就是寒風也吹不倒的。

若遇到風和日暖的午後，你一個人肯上冬郊去走走，則青天碧落之下，你不但感不到歲時的肅殺，並且還可以飽覺著一種莫名其妙的含蓄在那裡的生氣；「若是冬天來了，春天也總馬上會來」的詩人的名句，只有在江南的山野裡，最容易體會得出。

第四章　四季更替

第五章　山河湖海

瞧那茫茫無邊的大海上,滾滾滔滔,一浪高似一浪,撞到礁石上,唰地捲起幾丈高的雪浪花,猛力衝激著海邊的礁石。

第五章 山河湖海

翡冷翠山居閒話

徐志摩

在這裡出門散步去,上山或是下山,在一個晴好的五月的向晚,正像是去赴一個美的宴會,比如去一果子園,那邊每株樹上都是滿掛著詩情最秀逸的果實,假如你單是站著看還不滿意時,只要你一伸手就可以採取,可以恣嘗鮮味,足夠你性靈的迷醉。陽光正好暖和,決不過暖;風息是溫馴的,而且往往因為他是從繁花的山林裡吹度過來他帶來一股幽遠的淡香,連著一息滋潤的水氣,摩挲著你的顏面,輕繞著你的肩腰,就這單純的呼吸已是無窮的愉快;空氣總是明淨的,近谷內不生煙,遠山上不起靄,那美秀風景的全部正像畫片似的展露在你的眼前,供你閒暇的鑑賞。

作客山中的妙處,尤在你永不須躊躇你的服色與體態;你不妨搖曳著一頭的蓬草,不妨縱容你滿腮的苔蘚;你愛穿什麼就穿什麼;扮一個牧童,扮一個漁翁,裝一個農夫,裝一個走江湖的桀卜閃,裝一個獵戶;你再不必提心整理你的領結,你儘可以不用領結,給你的頸根與胸膛一半日的自由,你可以拿一條這邊顏色的長巾包在你的頭上,學一個太平軍的頭目,或是拜倫那埃及裝的姿態;但最要緊的是穿上

你最舊的舊鞋，別管他模樣不佳，他們是頂可愛的好友，他們承著你的體重卻不叫你記起你還有一雙腳在你的底下。

這樣的玩頂好是不要約伴，我竟想嚴格地取締，只許你獨身；因為有了伴多少總得叫你分心，尤其是年輕的女伴，那是最危險最專制不過的旅伴，你應得躲避她像你躲避青草裡一條美麗的花蛇！平常我們從自己家裡走到朋友的家裡，或是我們執事的地方，那無非是在同一個大牢裡從一間獄室移到另一間獄室去，拘束永遠跟著我們，自由永遠尋不到我們；但在這春夏間美秀的山中或鄉間你要是有機會獨身閒逛時，那才是你福星高照的時候，那才是你實際領受，親口嘗味，自由與自在的時候，那才是你肉體與靈魂行動一致的時候。朋友們，我們多長一歲年紀往往只是加重我們頭上的枷，加緊我們腳脛上的鏈，我們見小孩子在草裡在沙堆裡在淺水裡打滾作樂，或是看見小貓追牠自己的尾巴，何嘗沒有羨慕的時候，但我們的枷，我們的鏈永遠是制定我們行動的上司！所以只有你單身奔赴大自然的懷抱時，像一個裸體的小孩撲入他母親的懷抱時，你才知道靈魂的愉快是怎樣的，單是活著的快樂是怎樣的，單就呼吸單就走道單就張眼看聳耳聽的幸福是怎樣的。因此你得嚴格的為己，極端的自私，只許你，體魄與性靈，與自然同在一個脈搏裡跳動，同在一個音波裡起伏，同在一個神奇的宇宙裡自得。我們渾樸的天真是像含羞草似的嬌柔，一經同伴的牴觸，他就捲了起來，但在澄靜的日光下，和風中，他的姿態是自然的，他的生活是無阻礙的。

第五章　山河湖海

　　你一個人漫遊的時候，你就會在青草裡坐地仰臥，甚至有時打滾，因為草的和暖的顏色自然地喚起你童稚的活潑；在靜僻的道上你就會不自主地狂舞，看著你自己的身影幻出種種詭異的變相，因為道旁樹木的陰影在他們紆徐的婆娑裡暗示你舞蹈的快樂；你也會得信口的歌唱，偶爾記起斷片的音調，與你自己隨口的小曲，因為樹林中的鶯燕告訴你春光是應得讚美的；更不必說你的胸襟自然會跟著曼長的山徑開拓，你的心地會看著澄藍的天空靜定，你的思想和著山壑間的水聲，山罅裡的泉響，有時一澄到底的清澈，有時激起成章的波動，流，流，流入涼爽的橄欖林中，流入嫵媚的阿諾河去……

　　並且你不但不須應伴，每逢這樣的遊行，你也不必帶書。書是理想的伴侶，但你應得帶書，是在火車上，在你住處的客室裡，不是在你獨身漫步的時候。什麼偉大的深沉的鼓舞的清明的優美的思想的根源不是可以在風籟中，雲彩裡，山勢與地形的起伏裡，花草的顏色與香息裡尋得？自然是最偉大的一部書，葛德說，在他每一頁的字句裡我們讀得最深奧的消息。並且這書上的文字是人人懂得的；阿爾帕斯與五老峰，雪西里與普陀山，萊因河與揚子江，梨夢湖與西子湖，建蘭與瓊花，杭州西溪的蘆雪與威尼市夕照的紅潮，百靈與夜鶯，更不提一般黃的黃麥，一般紫的紫藤，一般青的青草同在大地上生長，同在和風中波動——他們應用的符號是永遠一致的，他們的意義是永遠明顯的，只要你自己性

靈上不長瘡瘢，眼不盲，耳不塞，這無形跡的最高等教育便永遠是你的名分，這不取費的最珍貴的補劑便永遠供你的受用；只要你認識了這一部書，你在這世界上寂寞時便不寂寞，窮困時不窮困，苦惱時有安慰，挫折時有鼓勵，軟弱時有督責，迷失時有南針。

作者簡介

徐志摩，原名章垿，字槱森，留學英國時改名志摩。現代詩人、散文家。新月派代表詩人，新月詩社成員。主要作品有〈再別康橋〉、《翡冷翠的一夜》等。

作品賞析

作者以清新飄逸的筆觸，細膩地描繪了在翡冷翠山中客居時的生活，那如詩般的語言，為我們勾勒了一幅閒適自得、充滿自然氣息的美麗畫卷。全文用與讀者閒談的口吻來敘述，把獨享山中美景的樂趣娓娓道來，描寫了欣賞山中美景和充分解放性靈、返璞歸真的愜意心情。全文圍繞「自然是最偉大的一部書」這一中心主題，從內心感受的角度出發，用行雲流水般的語言，帶領讀者領略大自然的藍天、雲彩、草地、山林、微風、泉水等，令讀者身臨其境地感受到「靈魂的愉快」和「活著的快樂」。

第五章　山河湖海

必背金句

　　風息是溫馴的,而且往往因為他是從繁花的山林裡吹度過來他帶來一股幽遠的淡香,連著一息滋潤的水氣,摩挲著你的顏面,輕繞著你的肩腰,就這單純的呼吸已是無窮的愉快。

　　你一個人漫遊的時候,你就會在青草裡坐地仰臥,甚至有時打滾,因為草的和暖的顏色自然地喚起你童稚的活潑。

　　什麼偉大的深沉的鼓舞的清明的優美的思想的根源不是可以在風籟中,雲彩裡,山勢與地形的起伏裡,花草的顏色與香息裡尋得?自然是最偉大的一部書,葛德說,在他每一頁的字句裡我們讀得最深奧的消息。

白馬湖之冬

夏丏尊

　　在我過去四十餘年的生涯中，冬的情味嘗得最深刻的，要算十年前初移居白馬湖的時候了。十年以來，白馬湖已成了一個小村落，當我移居的時候，還是一片荒野。春暉中學的新建築巍然矗立於湖的那一面，湖的這一面的山腳下是小小的幾間新平屋，住著我和劉君心如兩家。此外兩三里內沒有人煙。一家人於陰曆十一月下旬從熱鬧的杭州移居這荒涼的山野，宛如投身於極帶中。

　　那裡的風，差不多日日有的，呼呼作響，好像虎吼。屋宇雖系新建，構造卻極粗率，風從門窗隙縫中來，分外尖削，把門縫窗隙厚厚地用紙糊了，椽縫中卻仍有透入。風颳得厲害的時候，天未夜就把大門關上，全家吃畢夜飯即睡入被窩裡，靜聽寒風的怒號，湖水的澎湃。靠山的小後軒，算是我的書齋，在全屋子中風最小的一間，我常把頭上的羅宋帽拉得低低地，在洋燈下工作至夜深。松濤如吼，霜月當窗，飢鼠吱吱在承塵上奔竄。我於這種時候深感到蕭瑟的詩趣，常獨自撥劃著爐灰，不肯就睡，把自己擬諸山水畫中的人物，作種種幽邈的遐想。

第五章　山河湖海

　　現在白馬湖到處都是樹木了，當時尚一株樹木都未種。月亮與太陽都是整個兒的，從上山起直要照到下山為止。太陽好的時候，只要不颳風，那真和暖得不像冬天。一家人都坐在庭間曝日，甚至於吃午飯也在屋外。像夏天的晚飯一樣。日光晒到哪裡，就把椅凳移到哪裡，忽然寒風來了，只好逃難似地各自帶了椅凳逃入室中，急急把門關上。在平常的日子，風來大概在下午快要傍晚的時候，半夜即息。至於大風寒，那是整日夜狂吼，要二三日才止的。最嚴寒的幾天，泥地看去慘白如水泥，山色凍得發紫而黯，湖波泛深藍色。

　　下雪原是我所不憎厭的，下雪的日子，室內分外明亮，晚上差不多不用燃燈。遠山積雪足供半個月的觀看，舉頭即可從窗中望見。可是究竟是南方，每冬下雪不過一二次。我在那裡所日常領略的冬的情味，幾乎都從風來。白馬湖的所以多風，可以說有著地理上的原因。那裡環湖都是山，而北首卻有一個半里闊的空隙，好似故意張了袋口歡迎風來的樣子。白馬湖的山水和普通的風景地相差不遠，唯有風卻與別的地方不同。風的多和大，凡是到過那裡的人都知道的。風在冬季的感覺中，自古占著重要的因素。而白馬湖的風尤其特別。

　　現在，一家僦居上海多日了，偶然於夜深人靜時聽到風聲，大家就要提起白馬湖來，說：「白馬湖不知今夜又颳得怎樣厲害哩！」

作者簡介

夏丏尊，原名夏鑄，字勉旃，號悶庵。現代著名文學家、語文學家、出版家和翻譯家。曾任開明書店總編輯、《中學生》主編，是現代語文教學的耕耘者。主要作品有《魯迅翁雜記》、《貓》、《鋼鐵假山》等。

作品賞析

作者以白描的手法，為我們呈現了一幅白馬湖邊的冬景圖。文中寫道：「白馬湖的山水和普通的風景地相差不大遠，唯有風卻與別的地方不同」，作者對白馬湖的描寫，就著眼在這個「風」字，分別寫了白馬湖的風情、風勢、風源。風，無影無形，飄忽不定。作者卻巧妙地把無形的風具象化，以「呼呼作響，好像虎吼」、「寒風的怒號，湖水的澎湃」、「日夜狂吼，要二三日才止」來突出風的迅疾和凶猛。作者選用「風」這一意象來突出白馬湖的冬天，雖是平常之景，卻給人一種別樣的意趣。全文語言平實，就像閒話家常一般，讀來親切自然。

第五章　山河湖海

必背金句

　　風颳得厲害的時候,天未夜就把大門關上,全家吃畢夜飯即睡入被窩裡,靜聽寒風的怒號,湖水的澎湃。

　　松濤如吼,霜月當窗,飢鼠吱吱在承塵上奔竄。我於這種時候深感到蕭瑟的詩趣,常獨自撥劃著爐灰,不肯就睡,把自己擬諸山水畫中的人物,作種種幽邈的遐想。

　　最嚴寒的幾天,泥地看去慘白如水泥,山色凍得發紫而黯,湖波泛深藍色。

雪浪花

楊朔

　　涼秋八月，天氣分外清爽。我有時愛坐在海邊礁石上，望著潮漲潮落，雲起雲飛。月亮圓的時候，正漲大潮。瞧那茫茫無邊的大海上，滾滾滔滔，一浪高似一浪，撞到礁石上，唰地捲起幾丈高的雪浪花，猛力衝激著海邊的礁石。那礁石滿身都是深溝淺窩，坑坑坎坎的，倒像是塊柔軟的麵糰，不知叫誰捏弄成這種怪模怪樣。

　　幾個年輕的姑娘赤著腳，提著裙子，嘻嘻哈哈追著浪花玩。想必是初次認識海，一隻海鷗，兩片貝殼，她們也感到新奇有趣。奇形怪狀的礁石自然逃不出她們好奇的眼睛，你聽她們議論起來了：礁石硬得跟鐵差不多，怎麼會變成這樣子？是天生的，還是鑿子鑿的，還是怎的？

　　「是叫浪花咬的。」一個歡樂的聲音從背後插進來。說話的人是個上年紀的漁民，從剛攏岸的漁船跨下來，脫下奶油布衣褲，從從容容踱到礁石上。

　　有個姑娘聽了笑起來：「浪花也沒有牙，還會咬？怎麼濺到我身上，痛都不痛？咬我一口多有趣。」

　　老漁民慢條斯理地說：「咬妳一口就該哭了。別看浪花

第五章　山河湖海

小,無數浪花集到一起,心齊,又有耐性,就是這樣咬啊咬的,咬上幾百年,幾千年,幾萬年,哪怕是鐵打的江山,也能叫它變個樣兒。姑娘們,妳們信不信?」

說得妙,裡面又含著多麼深的人情世故。我不禁對那老漁民望了幾眼。老漁民長得高大結實,留著一把花白鬍子。瞧他那眉目神氣,就像秋天的高空一樣,又清朗,又深沉。老漁民說完話,不等姑娘們搭言,早回到船上,大聲說笑著,動手收拾著滿船爛銀也似的新鮮魚兒。

我向就近一個漁民打聽老人是誰,那漁民笑著說:「你問他呀,那是我們的老泰山。老人家就有這個脾性,一輩子沒養女兒,偏愛拿人當女婿看待。不信你叫他一聲老泰山,他不但不生氣,反倒摸著鬍子樂呢。不過我們叫他老泰山,還有別的緣故。人家從小走南闖北,經得多,見得廣,生產隊裡大事小事,一有難處,都得找他指點,日久天長,老人家就變成大夥依靠的泰山了。」

此後一連幾日,變了天,飄飄灑灑落著涼雨,不能出門。這一天晴了,後半晌,我披著一片火紅的霞光,從海邊散步回來,瞧見休養所院裡的蘋果樹前停著輛獨輪小車,小車旁邊有個人俯在磨刀石磨剪刀。那背影有點兒眼熟。走到跟前一看,可不正是老泰山。

我招呼說:「老人家,沒出海打魚麼?」

老泰山望了望我笑著說:「嗐,同志,天不好,隊裡不讓咱出海,叫咱歇著。」

我說：「像你這樣年紀，多歇歇也是應該的。」

老泰山聽了說：「人家都不歇，為什麼我就應該多歇著？我一不癱，二不瞎，叫我坐著吃閒飯，等於罵我。好吧，不讓咱出海，咱服從；留在家裡，這雙手可得服從我。我就織魚網，磨魚鈎，照顧照顧生產隊裡的果木樹，再不就推著小車出來走走，幫人磨磨刀，鑽鑽磨眼兒，反正能做多少活就做多少活，總得盡我的一份力氣。」

「看樣子你有六十了吧？」

「哈哈！六十？這輩子別再想那個好時候了 —— 這個年紀啦。」說著老泰山捏起右手的三根指頭。

我不禁驚疑說：「你有七十了麼？看不出。身板骨還是挺硬朗。」

老泰山說：「哎，硬朗什麼？頭四年，秋收揚場，我一連氣還能揚它一兩千斤穀子。如今不行了，手臂害過風溼痛病，抬不起來，磨刀磨剪子，手臂往下使力氣，這類工作還能做。不是手臂拖累我，前年咱準要求到北京去油漆人民大會堂。」

「你會的手藝可真不少呢。」

「苦人哪，自小東奔西跑的，什麼不得幹。幹的營生多，經歷的也古怪。不瞞同志說，三十年前，我還趕過腳呢。」說到這裡，老泰山把剪刀往水罐裡蘸了蘸，繼續磨著，一面不緊不慢地說：「那時候，北戴河跟今天可不一樣。一到三伏天，來歇伏的差不多淨是藍眼珠的外國人。有一回，一個外

第五章　山河湖海

國人看上我的驢。提起我那驢，可是百裡挑一：渾身烏黑烏黑，沒一根雜毛，四隻蹄子可是白的。這有個講究，叫四蹄踏雪，跑起來，極好的馬也追不上。那外國人想僱我的驢去逛東山。我要五塊錢，他嫌貴。你嫌貴，我還嫌你胖呢。胖得像條大白熊，別壓壞我的驢。講來講去，大白熊答應我的價錢，騎著驢逛了半天，歡歡喜喜照數付了腳錢。誰料想隔不幾天，警察局來傳我，說是有人把我告下了，告我是紅鬍子，硬搶人家五塊錢。」

老泰山說得有點氣促，喘吁吁的，就緩了口氣，又磨著剪子說：「我一聽氣炸了肺。我的驢，你的屁股，愛騎不騎，怎麼能誣賴人家是紅鬍子？趕到警察局一看，大白熊倒輕鬆，望著我樂得閉不攏嘴。你猜他說什麼？你說：你的驢快，我要再僱一趟去秦皇島，到處找不著你。我就告你。一告，這不是，就把紅鬍子抓來了。」

我忍不住說：「瞧他多聰明！」

老泰山說：「聰明的還在後頭呢，你聽著啊。這回倒省事，也不用爭，一張口他就給我十五塊錢，騎上驢，他拿著根荊條，抽著驢緊跑。我叫他慢著點，他直誇獎我的驢有幾步好走，答應回頭再加點腳錢。到秦皇島一個來回，整整一天，累得我那驢渾身溼淋淋的，順著毛往下滴汗珠 —— 你說叫人心疼不心疼？」

我插問道：「腳錢加了沒有？」

老泰山直起腰，狠狠吐了口唾沫說：「見他的鬼！他連

一個銅子兒也不給,說是上次你訛詐我五塊錢,都包括在內啦,再鬧,送你到警察局去。紅鬍子!紅鬍子!直罵我是紅鬍子。」

我氣得問:「這個流氓,他是哪國人?」

老泰山說:「不講你也猜得著。前幾天聽廣播,美國飛機又偷著闖進我們家裡。三十年前,我親身吃過他們的虧,這筆帳還沒算清。要是倒退五十年,我身強力壯。今天我呀──」

休養所的窗口有個婦女探出臉問:「剪子磨好沒有?」

老泰山應聲說:「好了。」就用大拇指試試剪子刃,大聲對我笑著說:「瞧我磨的剪子,多快。你想剪天的雲霞,做一床天大的被,也剪得動。」

西天上正鋪著一片金光燦爛的晚霞,把老泰山的臉映得紅彤彤的。老人收起磨刀石,放到獨輪車上,跟我道了別,推起小車走了幾步,又停下,彎腰從路邊掐了枝野菊花,插到車上,才又推著車慢慢走了,一直走進火紅的霞光裡去。他走了,他在海邊對幾個姑娘講的話卻回到我的心上。我覺得,老泰山恰似一點浪花,跟無數浪花集到一起,形成這個時代的大浪潮,激揚飛濺,早已把舊日的江山變了個樣兒,正在勤勤懇懇塑造著人民的江山。

老泰山姓任。問他叫什麼名字,他笑笑說:「山野之人,值不得留名字。」竟不肯告訴我。

第五章　山河湖海

作者簡介

楊朔，原名楊毓瑨，字瑩叔。中國現代著名作家、散文家、小說家，與劉白羽、秦牧並稱為「中國現代散文三大家」。主要作品有〈荔枝蜜〉、〈香山紅葉〉、〈泰山極頂〉、〈畫山繡水〉、〈海市〉等。

作品賞析

這是一篇充滿詩意的散文作品，作者用自然凝練的語言為我們介紹了兩次遇見漁民老泰山的故事。其間，作者更是用大量的筆墨，描繪了北戴河海濱的風光。作者以雪浪花開頭，在一群趕海的姑娘們的議論聲中，自然引出老泰山。文中透過對浪花把礁石「咬」得千瘡百孔這一形象的說法，暗示了在當時的社會背景中，以老泰山為代表的千千萬萬個普通勞動者，他們努力奮鬥所形成的巨大力量。全文採用借景抒情、託物言志的手法，以詩意的語言，描繪了一個擁有大智慧的小人物，謳歌了那些在平凡的職位上做著平凡工作的人們。

必背金句

　　我有時愛坐在海邊礁石上，望著潮漲潮落，雲起雲飛。月亮圓的時候，正漲大潮。瞧那茫茫無邊的大海上，滾滾滔滔，一浪高似一浪，撞到礁石上，唰地捲起幾丈高的雪浪花，猛力衝激著海邊的礁石。

　　老漁民長得高大結實，留著一把花白鬍子。瞧他那眉目神氣，就像秋天的高空一樣，又清朗，又深沉。

　　此後一連幾日，變了天，飄飄灑灑落著涼雨，不能出門。這一天晴了，後半晌，我披著一片火紅的霞光，從海邊散步回來，瞭見休養所院裡的蘋果樹前停著輛獨輪小車，小車旁邊有個人俯在磨刀石磨剪刀。

　　老泰山恰似一點浪花，跟無數浪花集到一起，形成這個時代的大浪潮，激揚飛濺，早已把舊日的江山變了個樣兒，正在勤勤懇懇塑造著人民的江山。

第五章　山河湖海

江行的晨暮

朱湘

美在任何的地方，即使是古老的城外，一個輪船碼頭的上面。

等船，在划子上，在暮秋夜裡九點鐘的時候，有一點冷的風。

天，與江，都暗了；不過，仔細地看去，江水還浮著黃色。中間所橫著的一條深黑，那是江的南岸。

在從星的點綴裡，長庚星閃耀得像一盞較遠的電燈。一條水銀色的光帶晃動在江水之上。看得見一盞紅色的漁燈。

岸上的房屋是一排黑的輪廓。

一條薑船在四五丈以外的地點。模糊的電燈，平時令人不快的，在這時候，在這條薑船上，反而，不僅是悅目，簡直是美了。在它的光圈下面，聚集著一些人形的輪廓。不過，並聽不見人聲，像這條划子上這樣。

忽然間，在前面江心裡，有一些黝黯的帆船順流而下，沒有聲音，像一些巨大的鳥。

一個商埠旁邊的清晨。

太陽昇上了有二十度；覆碗的月亮與地平線還有四十度的距離。幾大片鱗雲黏在淺碧的天空裡；看來，雲好像是在太陽的後面，並且遠了不少。

　　山嶺披著古銅色的衣，褶痕是大有畫意的。

　　水氣騰上有兩尺多高。有幾隻肥大的鷗鳥，牠們，在陽光之內，暫時的閃白。

　　月亮是在左舷的這邊。

　　水氣騰上有一尺多高；在這邊，它是時隱時顯的。在船影之內，它簡直是看不見了。

　　顏色十分清潤的，是遠洲上的列樹，水平線上的帆船。

　　江水由船邊的黃到中心的鐵青到岸邊的銀灰色。有幾隻小輪在噴吐著煤煙：在煙囪的端際，它是黑色；在船影裡，淡青，米色，蒼白；在斜映著的陽光裡，棕黃。

　　清晨時候的江行是彩色的。

作者簡介

　　朱湘，字子沅，現代詩人、散文家、教育家。1920年代「清華四子」之一，被魯迅先生稱為「中國濟慈」。主要作品有詩集《石門集》，散文、書信集《中書集》、《海外寄霓君》等。

第五章　山河湖海

作品賞析

　　本文選自朱湘散文書信集《中書集》。文章寫的是作者在晨暮時間一次江行看到的景色,所描繪的是江南小城碼頭的秋暮和清晨,充滿詩情畫意,形成了一種清新幽遠的意境。作者運用素描式勾勒,加上多種色彩詞和生動形象的比喻,讓原本被人們熟視無睹的事物,呈現新的境界,成為一幅清麗絕倫的風景畫。本文筆調優美,情思蘊藉,是一篇風格獨特、構思新穎的散文佳作。

必背金句

　　在從星的點綴裡,長庚星閃耀得像一盞較遠的電燈。一條水銀色的光帶晃動在江水之上。看得見一盞紅色的漁燈。

　　山嶺披著古銅色的衣,褶痕是大有畫意的。

　　江水由船邊的黃到中心的鐵青到岸邊的銀灰色。有幾隻小輪在噴吐著煤煙:在煙囪的端際,它是黑色;在船影裡,淡青,米色,蒼白;在斜映著的陽光裡,棕黃。

綠

朱自清

　　我第二次到仙岩的時候，我驚詫於梅雨潭的綠了。

　　梅雨潭是一個瀑布潭。仙岩有三個瀑布，梅雨瀑最低。走到山邊，便聽見嘩嘩嘩嘩的聲音；抬起頭，鑲在兩條溼溼的黑邊兒裡的，一帶白而發亮的水便呈現於眼前了。我們先到梅雨亭。梅雨亭正對著那條瀑布；坐在亭邊，不必仰頭，便可見它的全體了。亭下深深的便是梅雨潭。這個亭踞在突出的一角的岩石上，上下都空空兒的；彷彿一隻蒼鷹展著翼翅浮在天宇中一般。三面都是山，像半個環兒擁著；人如在井底了。這是一個秋季的薄陰的天氣。微微的雲在我們頂上流著；巖面與草叢都從潤溼中透出幾分油油的綠意。而瀑布也似乎分外的響了。那瀑布從上面沖下，彷彿已被扯成大小的幾絡；不復是一幅整齊而平滑的布。巖上有許多稜角；瀑流經過時，作急遽的撞擊，便飛花碎玉般亂濺著了。那濺著的水花，晶瑩而多芒；遠望去，像一朵朵小小的白梅，微雨似的紛紛落著。據說，這就是梅雨潭之所以得名了。但我覺得像楊花，格外確切些。輕風起來時，點點隨風飄散，那更是楊花了。──這時偶然有幾點送入我們溫暖的懷裡，便倏

第五章　山河湖海

的鑽了進去，再也尋它不著。

梅雨潭閃閃的綠色招引著我們；我們開始追捉她那離合的神光了。揪著草，攀著亂石，小心探身下去，又鞠躬過了一個石穹門，便到了汪汪一碧的潭邊了。瀑布在襟袖之間；但我的心中已沒有瀑布了。我的心隨潭水的綠而搖盪。那醉人的綠呀！彷彿一張極大極大的荷葉鋪著，滿是奇異的綠呀。我想張開兩臂抱住她；但這是怎樣一個妄想呀。──站在水邊，望到那面，居然覺著有些遠呢！這平鋪著，厚積著的綠，著實可愛。她鬆鬆的皺纈著，像少婦拖著的裙幅；她輕輕的擺弄著，像跳動的初戀的處女的心；她滑滑的明亮著，像塗了「明油」一般，有雞蛋清那樣軟，那樣嫩，令人想著所曾觸過的最嫩的皮膚；她又不雜些兒塵滓，宛然一塊溫潤的碧玉，只清清的一色──但你卻看不透她！我曾見過北京什剎海拂地的綠楊，脫不了鵝黃的底子，似乎太淡了。我又曾見過杭州虎跑寺近旁高峻而深密的「綠壁」，叢疊著無窮的碧草與綠葉的，那又似乎太濃了。其餘呢，西湖的波太明了，秦淮河的也太暗了。可愛的，我將什麼來比擬妳呢？我怎麼比擬得出呢？大約潭是很深的、故能蘊蓄著這樣奇異的綠；彷彿蔚藍的天融了一塊在裡面似的，這才這般的鮮潤呀。──那醉人的綠呀！我若能裁妳以為帶，我將贈給那輕盈的舞女；她必能臨風飄舉了。我若能把妳以為眼，我將贈給那善歌的盲妹；她必明眸善睞了。我捨不得妳；我怎捨得妳呢？我用手拍著妳，撫摩著妳，如同一個十二三歲的小姑

娘。我又掬妳入口,便是吻著她了。我送妳一個名字,我從此叫妳「女兒綠」,好麼?

我第二次到仙岩的時候,我不禁驚詫於梅雨潭的綠了。

作者簡介

朱自清,原名自華,號秋實,後改名自清,字佩弦。現代著名散文家、詩人、學者。主要作品有《蹤跡》、《背影》、《歐遊雜記》、《倫敦雜記》等。

作品賞析

本文選自朱自清的遊記散文集《蹤跡》。作者以明朗輕快的筆調,對梅雨潭的景物進行了細緻的描寫,筆觸清麗細膩,精緻玲瓏,語言活潑又富有詩意,頌揚了大自然的絢麗風光,表達了作者對美好境界的讚美和追求。

文章起名為〈綠〉,「綠」字不僅在文章的結構上發揮了關聯作用,更是全文情景交融的焦點。本文形象地描繪了梅雨潭奇異、醉人的綠,字裡行間洋溢著濃郁的詩意。作者還充分發揮想像力,創造出一個個鮮明、生動的形象,將讀者帶入如詩似畫般的藝術境界,有力地表達了作者真摯充沛的情感,產生了極強的藝術感染力。

第五章　山河湖海

必背金句

　　那濺著的水花，晶瑩而多芒；遠望去，像一朵朵小小的白梅，微雨似的紛紛落著。

　　我的心隨潭水的綠而搖盪。那醉人的綠呀，彷彿一張極大極大的荷葉鋪著，滿是奇異的綠呀。

　　這平鋪著，厚積著的綠，著實可愛。她鬆鬆的皺纈著，像少婦拖著的裙幅；她輕輕的擺弄著，像跳動的初戀的處女的心；她滑滑的明亮著，像塗了「明油」一般，有雞蛋清那樣軟，那樣嫩，令人想著所曾觸過的最嫩的皮膚；她又不雜些兒塵滓，宛然一塊溫潤的碧玉，只清清的一色──但你卻看不透她！

第六章　自然現象

> 在晴天之下，旋風忽來，便蓬勃地奮飛，在日光中燦燦地生光，如包藏火焰的大霧，旋轉而且升騰，瀰漫太空，使太空旋轉而且升騰地閃爍。

第六章　自然現象

苦雨

周作人

伏園兄：

　　北京近日多雨，你在長安道上不知也遇到否，想必能增你旅行的許多佳趣。雨中旅行不一定是很愉快的，我以前在杭滬車上時常遇雨，每感困難，所以我於火車的雨不能感到什麼興味，但臥在烏篷船裡，靜聽打篷的雨聲，加上欸乃的櫓聲以及「靠塘來，靠下去」的呼聲，卻是一種夢似的詩境。倘若更大膽一點，仰臥在腳划小船內，冒雨夜行，更顯出水鄉住民的風趣，雖然較為危險，一不小心，拙劣地轉一個身，便要使船底朝天。二十多年前往東浦弔先父的保母之喪，歸途遇暴風雨，一葉扁舟在白鵝似的波浪中間滾過大樹港，危險極也愉快極了。我大約還有好些「為魚」時候──至少也是斷髮紋身時候的脾氣，對於水頗感到親近，不過北京的泥塘似的許多「海」實在不很滿意，這樣的水沒有也並不怎麼可惜。你往「陝半天」去似乎要走好兩天的準沙漠路，在那時候倘若遇見風雨，大約是很舒服的，遙想你胡坐騾車中，在大漠之上，大雨之下，喝著四打之內的汽水，悠然進行，可以算是「不亦快哉」之一。但這只是我的空想，如詩人

的理想一樣的靠不住,或者你在騾車中遇雨,很感困難,正在叫苦連天也未可知,這須等你回京後問你再說了。

我住在北京,遇見這幾天的雨,卻叫我十分難過。北京向來少雨,所以不但雨具不很完全,便是家屋構造,於防雨亦欠周密。除了真正富翁以外,很少用實堆磚牆,大抵只用泥牆抹灰敷衍了事。近來天氣轉變,南方酷寒而北方淫雨,因此兩方面的建築上都露出缺陷。一星期前的雨把後園的西牆淋坍,第二天就有「梁上君子」來摸索北房的鐵絲窗,從次日起趕緊邀了七八位匠人,費兩天工夫,從頭改築,已經成功十分八九,總算可以高枕而臥,前夜的雨卻又將門口的南牆沖倒二三丈之譜。這回受驚的可不是我了,乃是川島君「佢們」倆,因為「梁上君子」如再見光顧,一定是去躲在「佢們」的窗下竊聽的了。為消除「佢們」的不安起見,一等大氣晴正,急須大舉地修築,希望日子不至於很久,這幾天只好暫時拜託川島君的老弟費神代為警護罷了。

前天十足下了一夜的雨,使我夜裡不知醒了幾遍。北京除了偶然有人高興放幾個爆仗以外,夜裡總還安靜,那樣譁喇譁喇的雨聲在我的耳朵已經不很聽慣,所以時常被它驚醒,就是睡著也彷彿覺得耳邊黏著麵條似的東西,睡的很不痛快。還有一層,前天晚間據小孩們報告,前面院子裡的積水已經離臺階不及一寸,夜裡聽著雨聲,心裡胡裡胡塗地總是想水已上了臺階,浸入西邊的書房裡了。好容易到了早上五點鐘,赤腳撐傘,跑到西屋一看,果然不出所料,水浸滿

第六章　自然現象

了全屋,約有一寸深淺,這才嘆了一口氣,覺得放心了;倘若這樣興高采烈地跑去,一看卻沒有水,恐怕那時反覺得失望,沒有現在那樣的滿足也說不定。幸而書籍都沒有溼,雖然是沒有什麼價值的東西,但是溼成一餅一餅的紙糕,也很是不愉快。現今水雖已退,還留一種漲過大水後的普通的臭味,固然不能留客坐談,就是自己也不能在那裡寫字,所以這封信是在裡邊炕桌上寫的。

這回的大雨,只有兩種人最是喜歡。第一是小孩們。他們喜歡水,卻極不容易得到,現在看見院子裡成了河,便成群結隊地去「淌河」去。赤了足伸到水裡去,實在很有點冷,但他們不怕,下到水裡還不肯上來。大人們見小孩們玩的有趣,也一個兩個地加入,但是成績卻不甚佳,那一天裡滑倒了三個人,其中兩個都是大人,——其一為我的兄弟,其一是川島君。第二種喜歡下雨的則為蛤蟆。從前同小孩住高亮橋去釣魚釣不著,只捉了好些蛤蟆,有綠的,有花條的,拿回來都放在院子裡,平常偶叫幾聲,在這幾天裡便整日叫喚,或者是荒年之兆,卻極有田村的風味。有許多耳朵皮嫩的人,很惡喧囂,如麻雀蛤蟆或蟬的叫聲,凡足以妨礙他們的甜睡者,無一不痛惡而深絕之,大有欲滅此而午睡之意。我覺得大可以不必如此,隨便聽聽都是很有趣味的,不但是這些久成詩料的東西,一切鳴聲其實都可以聽。蛤蟆在水田裡群叫,深夜靜聽,往往變成一種金屬音,很是特別,又有時彷彿是狗叫,古人常稱蛙蛤為吠,大約也是從實驗而來。

我們院子裡的蛤蟆現在只見花條的一種，牠的叫聲更不漂亮，只是格格格這個叫法，可以說是革音，平常自一聲至三聲，不會更多，唯在下雨的早晨，聽牠一口氣叫上十二三聲，可見牠是實在喜歡極了。

　　這一場大雨恐怕在鄉下的窮朋友是很大的一個不幸，但是我不曾親見，單靠想像是不中用的，所以我不去虛偽地代為悲嘆了。倘若有人說這所記的只是個人的事情，於人生無益，我也承認，我本來只想說個人的私事，此外別無意思。今天太陽已經出來，傍晚可以出外去遊嬉，這封信也就不再寫下去了。

　　我本等著看你的秦遊記，現在卻由我先寫給你看，這也可以算是「意表之外」的事罷。

十三年七月十七日在京城書。

作者簡介

　　周作人，原名櫆壽，字星杓，又名啟明、啟孟、起孟。魯迅（周樹人）之弟，周建人之兄。中國現代著名散文家、詩人、翻譯家，新文化運動的傑出代表。主要作品有《木片集》、《魯迅的青年時代》等。

第六章　自然現象

作品賞析

　　本文是作者寫給好友孫伏園的一封信，行文流暢自然，娓娓而談。全文結合回憶借物詠懷，雖然籠罩著淡淡的哀愁，卻也不失歡樂。文章開頭描繪了作者記憶中在烏篷船中聽雨的詩意畫面，一葉扁舟在波浪中翻滾，又危險又愉快，接著又想像好友在大漠之上喝著汽水在雨中悠然前行，之後筆勢一轉，寫到令作者難過的北京的雨。作者眼中雨的「苦」，是院牆被淋塌之後招來「梁上君子」；是耳朵黏著麵條似的睡不痛快；是半夜擔心書籍被淹；是書房雨後的一股臭味。然而雨也不全是「苦」。小孩在積水中嬉戲，蛤蟆歡快叫喚，這些描寫又為文章增加了童真童趣和自然情趣。

　　作者用樸素又極具畫面感的語言，讓讀者很容易就進入到雨的情境中，繼而引發讀者對於「苦雨」的共鳴，又讓讀者看到「苦雨」中也有佳趣，向讀者傳達出一種生活的詩意和哲思。

必背金句

　　雨中旅行不一定是很愉快的，我以前在杭滬車上時常遇雨，每感困難，所以我於火車的雨不能感到什麼興味，但臥在烏篷船裡，靜聽打篷的雨聲，加上欸乃的櫓聲以及「靠塘

來，靠下去」的呼聲，卻是一種夢似的詩境。

　　好容易到了早上五點鐘，赤腳撐傘，跑到西屋一看，果然不出所料，水浸滿了全屋，約有一寸深淺，這才嘆了一口氣，覺得放心了；倘若這樣興高采烈地跑去，一看卻沒有水，恐怕那時反覺得失望，沒有現在那樣的滿足也說不定。

第六章　自然現象

雪

魯迅

　　暖國的雨,向來沒有變過冰冷的堅硬的燦爛的雪花。博識的人們覺得他單調,他自己也以為不幸否耶?江南的雪,可是滋潤美豔之至了,那是還在隱約著的青春的消息,是極壯健的處子的皮膚。雪野中有血紅的寶珠山茶,白中隱青的單瓣梅花,深黃的磬口的臘梅花;雪下面還有冷綠的雜草。胡蝶[16]確乎沒有;蜜蜂是否來採山茶花和梅花的蜜,我可記不真切了。但我的眼前彷彿看見冬花開在雪野中,有許多蜜蜂們忙碌地飛著,也聽得牠們嗡嗡地鬧著。

　　孩子們呵著凍得通紅,像紫芽薑一般的小手,七八個一齊來塑雪羅漢。因為不成功,誰的父親也來幫忙了。羅漢就塑得比孩子們高得多,雖然不過是上小下大的一堆,終於分不清是壺盧還是羅漢;然而很潔白,很明豔,以自身的滋潤相黏結,整個地閃閃地生光。孩子們用龍眼核給他做眼珠,又從誰的母親的脂粉奩中偷得胭脂來塗在嘴唇上。這回確是一個大阿羅漢了。他也就目光灼灼地嘴唇通紅地坐在雪地裡。

---

[16]　胡蝶:同「蝴蝶」。

第二天還有幾個孩子來訪問他，對了他拍手、點頭、嘻笑。但他終於獨自坐著了。晴天又來消釋他的皮膚，寒夜又使他結一層冰，化作不透明的水晶模樣；連續的晴天又使他成為不知道算什麼，而嘴上的胭脂也褪盡了。

　　但是，朔方的雪花在紛飛之後，卻永遠如粉，如沙，他們決不黏連，撒在屋上，地上，枯草上，就是這樣。屋上的雪是早已就有消化了的，因為屋裡居人的火的溫熱。別的，在晴天之下，旋風忽來，便蓬勃地奮飛，在日光中燦燦地生光，如包藏火焰的大霧，旋轉而且升騰，瀰漫太空，使太空旋轉而且升騰地閃爍。

　　在無邊的曠野上，在凜冽的天宇下，閃閃地旋轉升騰著的是雨的精魂……

　　是的，那是孤獨的雪，是死掉的雨，是雨的精魂。

作者簡介

　　魯迅，原名周樟壽，後改名周樹人，原字豫山，後改豫才。中國現代文學的奠基人，著名文學家、思想家、革命家，新文化運動的重要參與者。主要作品有小說集《吶喊》、《徬徨》、《故事新編》；散文集《朝花夕拾》；散文詩集《野草》等。

第六章　自然現象

作品賞析

〈雪〉是魯迅先生的散文詩集《野草》中的一篇散文詩。作者描繪的雪景圖美妙多姿、雄渾壯麗，帶給讀者廣闊的聯想空間。本文描寫江南的雪景，語言華美卻不乏蒼勁；描寫孩子們塑雪羅漢，語言樸素充滿生活氣息；描寫北方的雪景，語言熱烈瑰麗，抒發了不屈不撓的戰鬥豪情。作者透過雪景表達了對美好事物的讚美，在醜惡的現實世界的對比下，更突顯作者對理想世界的追求。

必背金句

雪野中有血紅的寶珠山茶，白中隱青的單瓣梅花，深黃的磬口的臘梅花；雪下面還有冷綠的雜草。

在晴天之下，旋風忽來，便蓬勃地奮飛，在日光中燦燦地生光，如包藏火焰的大霧，旋轉而且升騰，瀰漫太空，使太空旋轉而且升騰地閃爍。

大地凍裂了

蕭紅

　　嚴冬一封鎖了大地的時候，則大地滿地裂著口，從南到北，從東到西，幾尺長的，一丈長的，還有好幾丈長的，它們毫無方向地，便隨時隨地，只要嚴冬一到，大地就裂開口了。

　　嚴寒把大地凍裂了。

　　年老的人，一進屋用掃帚掃著鬍子上的冰溜，一面說：

　　「今天好冷啊！地凍裂了。」

　　趕車的車伕，頂著三星[17]，繞著大鞭子走了六七十里，天剛一蒙亮，進了大店，第一句話就向客棧掌櫃的說：

　　「好厲害的天啊！小刀子一樣。」

　　等進了棧房，摘下狗皮帽子來，抽一袋菸之後，伸手去拿熱饅頭的時候，那伸出來的手在手背上有無數的裂口。

　　人的手被凍裂了。

　　賣豆腐的人清早起來沿著人家去叫賣，偶一不慎，就把盛豆腐的方木盤貼大地上拿不起來了。被凍在地上了。

---

[17]　三星，指獵戶座中央三顆明亮的星，人們常根據其位置判斷時間。

第六章　自然現象

　　賣饅頭的老頭,背著木箱子,裡邊裝著熱饅頭,太陽一出來,就在街上叫喚。他剛一從家裡出來的時候,他走得快,他喊的聲音也大。可是過不了一會,他的腳上掛了掌子了,在腳心上好像踏著一個雞蛋似的,圓滾滾的。原來冰雪封滿了他的腳底了。使他走起來十分的不得力,若不是十分地加著小心,他就要跌倒了。就是這樣,也還是跌倒的。跌倒了是不很好的,把饅頭箱子跌翻了,饅頭從箱底一個一個地跑了出來。旁邊若有人看見,趁著這機會,趁著老頭子倒下一時還爬不起來的時候,就拾了幾個一邊吃著就走了。等老頭子掙扎起來,連饅頭帶冰雪一起撿到箱子去,一數,不對數。他明白了。他向著那走得不太遠的吃他饅頭的人說:

　　「好冷的天,地皮凍裂了,吞了我的饅頭了。」

　　行路人聽了這話都笑了。他背起箱子來再往前走,那腳下的冰溜,似乎是越結越高,使他越走越困難,於是背上出了汗,眼睛上了霜,鬍子上的冰溜越掛越多,而且因為呼吸的關係,把破皮帽子的帽耳朵和帽前遮都掛了霜了。這老頭越走越慢,擔心受怕,顫顫驚驚,好像初次穿上了滑冰鞋,被朋友推上了溜冰場似的。

　　小狗凍得夜夜地叫喚,哽哽的,好像牠的腳爪被火燒著了一樣。

　　天再冷下去:

　　水缸被凍裂了;

　　井被凍住了;

大風雪的夜裡，竟會把人家的房子封住，睡了一夜，早晨起來，一推門，竟推不開門了。

大地一到了這嚴寒的季節，一切都變了樣。天空是灰色的，好像颳了大風之後，呈著一種混沌沌的氣象，而且整天飛著清雪。人們走起路來是快的，嘴裡邊的呼吸，一遇到了嚴寒好像冒著煙似的。七匹馬拉著一輛大車，在曠野上成串地一輛挨著一輛地跑，打著燈籠，甩著大鞭子，天空掛著三星。跑了二里路之後，馬就冒汗了。再跑下去，這一批人馬在冰天雪地裡邊竟熱氣騰騰的了。一直到太陽出來，進了棧房，那些馬才停止了出汗。但是一停止了出汗，馬毛立刻就上了霜。

作者簡介

蕭紅，原名張廼瑩，筆名蕭紅、悄吟、玲玲、田娣等。近現代女作家，民國「四大才女」之一，被譽為「1930年代的文學洛神」。主要作品有《生死場》、《棄兒》、《馬伯樂》、《呼蘭河傳》等。

作品賞析

這篇文章選自蕭紅的代表作《呼蘭河傳》。作者透過對人、景的細節捕捉，描繪出呼蘭河小城冬天的寒冷。透過對

第六章　自然現象

人物語言的描寫,如「好冷的天,地皮凍裂了,吞了我的饅頭了」,從側面反映出小城人的幽默和善良。作者的語言清麗、純真,充滿詩意和靈氣,用孩童的視角講述著記憶中的故鄉,表達了對故鄉的深切懷念。

必背金句

　　他背起箱子來再往前走,那腳下的冰溜,似乎是越結越高,使他越走越困難,於是背上出了汗,眼睛上了霜,鬍子上的冰溜越掛越多,而且因為呼吸的關係,把破皮帽子的帽耳朵和帽前遮都掛了霜了。

　　大地一到了這嚴寒的季節,一切都變了樣。天空是灰色的,好像颳了大風之後,呈著一種混沌沌的氣象,而且整天飛著清雪。

夜的奇蹟

廬隱

　　宇宙僵臥在夜的暗影之下，我悄悄地逃到這黝黑的林叢──群星無言，孤月沉默，只有山隙中的流泉潺潺濺濺的悲鳴，彷彿孤獨的夜鶯在哀泣。

　　山巔古寺危立在白雲間，刺心的鐘磬，斷續地穿過寒林，我如受彈傷的猛虎，奮力地躍起，由山麓竄到山巔。我追尋完整的生命，我追尋自由的靈魂，但是夜的暗影，如厚幔般圍裹住，一切都顯示著不可挽救的悲哀。吁！我何愛惜這被苦難剝蝕將盡的屍骸？我發狂似的奔回林叢，脫去身上血跡斑瀾的征衣，我向群星懺悔，我向悲濤哭訴！

　　這時流雲停止了前進，群星忘記了閃爍，山泉也住了嗚咽，一切一切都沉入死寂！

　　我繞過叢林，不期來到碧海之濱，呵！神祕的宇宙，在這裡我發現了夜的奇蹟！

　　黝黑的夜幔輕輕地拉開，群星吐著清幽的亮光，孤月也躑躅於雲間，白色的海浪吻著翡翠的島嶼，五彩繽紛的花叢中隱約見美麗的仙女在歌舞，她們顯示著生命的活躍與神妙！

第六章　自然現象

　　我驚奇，我迷惘，夜的暗影下，何來如此的奇蹟！

　　我怔立海濱，注視那島嶼上的美景，忽然從海裡湧起一股凶浪，將島嶼全個淹沒，一切一切又都沉入在死寂！

　　我依然回到黝黑的林叢──群星無言，孤月沉默，只有山隙中的流泉潺潺濺濺的悲鳴，彷彿孤獨的夜鶯在哀泣。

　　吁！宇宙布滿了羅網，任我百般掙扎，努力地追尋，而完整的生命只如曇花一現，最後依然消逝於惡浪，埋葬於塵海之心。自由的靈魂，永遠是夜的奇蹟！在色相的人間，只有汙穢與殘酷，吁！我何愛惜這被苦難剝蝕將盡的屍骸──總有一天，我將焚毀於自己憂怒的靈焰，拋這不值一錢的膿血之軀，因此而釋放我可憐的靈魂！

　　這時我將摘下北斗，拋向陰霾滿布的塵海。

　　我將永遠歌頌這夜的奇蹟！

作者簡介

　　廬隱，原名黃淑儀，又名黃英，五四時期著名的作家，與冰心、林徽因並稱為「福州三大才女」。主要作品有〈地上的樂園〉、《曼麗》、《靈海潮汐》、《象牙戒指》等。

作品賞析

　　本文以隱喻的手法反映和抨擊了當時的社會現實。黑夜象徵著黑暗的時代背景，夜幕之下的群星、孤月、海浪、島嶼、花叢、仙女等，「顯示著生命的活躍與神妙」，暗含著要努力活出「自由的靈魂」的頑強精神。廬隱的語言風格哀婉清雅而不失質樸，抒情性敘述不事雕飾，激切直露，同時也富含思想，嘆句的大量運用令文章情感飽滿而熱切。

必背金句

　　宇宙僵臥在夜的暗影之下，我悄悄地逃到這黝黑的林叢──群星無言，孤月沉默，只有山隙中的流泉潺潺濺濺的悲鳴，彷彿孤獨的夜鶯在哀泣。

　　黝黑的夜幔輕輕地拉開，群星吐著清幽的亮光，孤月也躑躅於雲間，白色的海浪吻著翡翠的島嶼，五彩繽紛的花叢中隱約見美麗的仙女在歌舞，她們顯示著生命的活躍與神妙！

第六章　自然現象

春風

老舍

　　濟南與青島是多麼不相同的地方呢！一個設若比作穿肥袖馬褂的老先生，那一個便應當是摩登的少女。可是這兩處不無相似之點。拿氣候說吧，濟南的夏天可以熱死人，而青島是有名的避暑所在；冬天，濟南也比青島冷。但是，兩地的春秋頗有點相同。濟南到春天多風，青島也是這樣；濟南的秋天是長而晴美，青島亦然。

　　對於秋天，我不知應愛哪裡的：濟南的秋是在山上，青島的是海邊。濟南是抱在小山裡的；到了秋天，小山上的草色在黃綠之間，松是綠的，別的樹葉差不多都是紅與黃。就是那沒樹木的山上，也增多了顏色——日影、草色、石層，三者能配合出種種的條紋、種種的影色。配上那光暖的藍空，我覺到一種舒適安全，只想在山坡上似睡非睡地躺著，躺到永遠。

　　青島的山——雖然怪秀美——不能與海相抗，秋海的波還是春樣的綠，可是被清涼的藍空給開拓出老遠，平日看不見的小島清楚地點在帆外。這遠到天邊的綠水使我不願思想而不得不思想；一種無目的的思慮，要思慮而心中反倒空

虛了些。濟南的秋給我安全之感，青島的秋引起我甜美的悲哀。我不知應當愛哪個。

兩地的春可都被風給吹毀了。所謂春風，似乎應當溫柔，輕吻著柳枝，微微吹皺了水面，偷偷地傳送花香，同情地輕輕掀起禽鳥的羽毛。濟南與青島的春風都太粗猛。濟南的風每每在丁香、海棠開花的時候把天颳黃，什麼也看不見，連花都埋在黃暗中，青島的風少一些沙土，可是狡猾，在已很暖的時節忽然來一陣或一天的冷風，把一切都送回冬天去，棉衣不敢脫，花兒不敢開，海邊翻著愁浪。

兩地的風都有時候整天整夜地颳。春夜的微風送來雁叫，使人似乎多些希望。整夜的大風，門響窗戶動，使人不英雄地把頭埋在被子裡；即使無害，也似乎不應該如此。對於我，特別覺得難堪。

我生在北方，聽慣了風，可也最怕風。聽是聽慣了，因為聽慣才知道那個難受勁兒。它老使我坐臥不安，心中游游摸摸的，幹什麼不好，不幹什麼也不好。它常常打斷我的希望：聽見風響，我懶得出門，覺得寒冷，心中渺茫。春天彷彿應當有生氣，應當有花草，這樣的野風幾乎是不可原諒的！

我倒不是個弱不禁風的人，雖然身體不很足壯。我能受苦，只是受不住風。別種的苦處，多少是在一個地方，多少有個原因，多少可以設法減除；對風是乾沒辦法。總不在一個地方，到處隨時使我的腦子晃動，像怒海上的船。

它使我說不出為什麼苦痛，而且沒法子避免。它自由地

颳，我死受著苦。我不能和風去講理或吵架。單單在春天颳這樣的風！可是跟誰講理去呢？蘇杭的春天應當沒有這不得人心的風吧？我不準知道，而希望如此。好有個地方去「避風」呀！

作者簡介

老舍，原名舒慶春，字舍予。現代小說家、作家、語言大師。主要作品有長篇小說《駱駝祥子》、《四世同堂》，話劇《茶館》、《龍鬚溝》，短篇小說《趕集》等。

作品賞析

本文主題是寫春風，文章開頭卻花了大量筆墨來描寫濟南和青島的秋天。透過對秋天的描寫，更加反襯出兩地春風的令人不快。作者心中的春風是溫柔的、能帶給人希望的，而濟南和青島的春風卻太粗猛。整天整夜的春風讓人懶得出門，坐臥不安卻又避無可避，無法去跟它講理或吵架。最後作者感嘆，希望有個好地方去「避風」。作者受大風之苦，寫下了這篇文章，然而其中也隨處可見幽默風趣的語句，展現出作者雖煩惱卻仍懷抱生活熱情的樂觀精神。

必背金句

　　濟南是抱在小山裡的；到了秋天，小山上的草色在黃綠之間，松是綠的，別的樹葉差不多都是紅與黃的。就是那沒樹木的山上，也增多了顏色——日影、草色、石層，三者能配合出種種的條紋、種種的影色。配上那光暖的藍空，我覺到一種舒適安全，只想在山坡上似睡非睡地躺著，躺到永遠。

　　所謂春風，似乎應當溫柔，輕吻著柳枝，微微吹皺了水面，偷偷地傳送花香，同情地輕輕掀起禽鳥的羽毛。

　　濟南的風每每在丁香、海棠開花的時候把天颳黃，什麼也看不見，連花都埋在黃暗中，青島的風少一些沙土，可是狡猾，在已很暖的時節忽然來一陣或一天的冷風，把一切都送回冬天去，棉衣不敢脫，花兒不敢開，海邊翻著愁浪。

第六章　自然現象

一片陽光

林徽因

　　放了假,春初的日子鬆弛下來。將午未午時候的陽光,澄黃的一片,由窗檻橫浸到室內,晶瑩地四處射。我有點發怔,習慣地在沉寂中驚訝我的周圍。我望著太陽那湛明的體質,像要辨別它那交織絢爛的色澤,追逐它那不著痕跡的流動。看它潔淨地映到書桌上時,我感到桌面上平鋪著一種恬靜,一種精神上的豪興,情趣上的閒逸;即或所謂「窗明几淨」,那裡默守著神祕的期待,漾開詩的氣氛。那種靜,在靜裡似可聽到那一處錚琮的泉流,和著彷彿是斷續的琴聲,低訴著一個幽獨者自娛的音調。看到這同一片陽光射到地上時,我感到地面上花影浮動,暗香吹拂左右,人隨著晌午的光靄花氣在變幻,那種動,柔諧婉轉有如無聲音樂,令人悠然輕快,不自覺地脫落傷愁。至多,在舒揚理智的客觀裡使我偶一回頭,看看過去幼年記憶步履所留的殘跡,有點兒惋惜時間;微微怪時間不能保存情緒,保存那一切情緒所曾流連的境界。

　　倚在軟椅上不但奢侈,也許更是一種過失,有閒的過失。但東坡的辯護「懶者常似靜,靜豈懶者徒」,不是沒有道

理。如果此刻不倚櫚上而「靜」，則方才情緒所兜的小小圈子便無條件地失落了去！人家就不可惜它，自己卻實在不能不感到這種親密的損失的可哀。

就說它是情緒上的小小旅行吧，不走並無不可，不過走走未始不是更好。歸根說，我們活在這世上到底最珍惜一些什麼？果真珍惜萬物之靈的人的活動所產生的種種，所謂人類文化？這人類文化到底又靠一些什麼？我們懷疑或許就是人身上那一撮精神同機體的感覺，生理心理所共起的情感，所激發出的一串行為，所聚斂的一點智慧，——那麼一點點人之所以為人的表現。宇宙萬物客觀的本無所可珍惜，反映在人性上的山川草木禽獸才開始有了秀麗，有了氣質，有了靈犀。反映在人性上的人自己更不用說。沒有人的感覺，人的情感，即便有自然，也就沒有自然的美，質或神方面更無所謂人的智慧，人的創造，人的一切生活藝術的表現！這樣說來，誰該鄙棄自己感覺上的小小旅行？為壯壯自己膽子，我們更該相信唯其人類有這類情緒的馳騁，實際的世間才賡續著產生我們精神所寄託的文物精萃。

此刻我竟可以微微一咳嗽，乃至於用播音的圓潤口調說：我們既然無疑地珍惜文化，即尊重盤古到今種種的藝術——無論是抽象的思想的藝術，或是具體的駕馭天然材料另創的非天然形象——則對於藝術所由來的淵源，那點點人的感覺，人的情感智慧（通稱人的情緒），又當如何地珍惜才算合理？

第六章　自然現象

　　但是情緒的馳騁，顯然不是詩或畫或任何其他藝術建造的完成。這馳騁此刻雖占了自己生活的若干時間，卻並不在空間裡占任何一個小小位置！這個情形自己需完全明瞭。此刻它僅是一種無蹤跡的流動，並無棲身的形體。它或含有各種或可捉摸的質素，但是好奇地探討這個質素而具體要表現它的差事，無論其有無意義，除卻本人外，別人是無能為力的。我此刻為著一片清婉可喜的陽光，分明自己在對內心交流變化的各種聯想發生一種興趣的注意，換句話說，這好奇與興趣的注意已是我此刻生活的活動。一種力量又迫著我來把握住這個活動，而設法表現它，這不易抑制的衝動，或即所謂藝術衝動也未可知！只記得冷靜的杜工部散散步，看看花，也不免會有「江上被花惱不徹，無處告訴只顛狂」的情緒上一片紊亂！玲瓏煦暖的陽光照人面前，那美的感人力量就不減於花，不容我生硬地自己把情緒分割為有閒與實際的兩種，而權其輕重，然後再決定取捨的。我也只有情緒上的一片紊亂。

　　情緒的旅行本偶然的事，今天一開頭便為著這片春初昫午的陽光，現在也還是為著它。房間內有兩種豪侈的光常叫我的心緒緊張如同花開，趁著感覺的微風，深淺零亂於冷智的枝葉中間。一種是燭光，高高的臺座，長垂的蠟淚，熊熊紅焰當簾幕四下時各處光影掩映。那種閃爍明豔，雅有古意，明明是畫中景象，卻含有更多詩的成分。另一種便是這初春昫午的陽光，到時候有意無意的大片子灑落滿室，那些窗檻欄板几案筆硯浴在光靄中，一時全成了靜物圖案；再有

紅蕊細枝點綴幾處，室內更是輕香浮溢，叫人俯仰全觸到一種靈性。

這種說法怕有點會發生誤會，我並不說這片陽光射入室內，需要筆硯花香那些儒雅的託襯才能動人，我的意思倒是：室內頂尋常的一些供設，只要一片陽光這樣又幽嫻又灑脫地落在上面，一切都會帶上另一種動人的氣息。

這裡要說到我最初認識的一片陽光。那年我六歲，記得是剛剛出了水珠以後——水珠即尋常水痘，不過我家鄉的話叫它做水珠。當時我很喜歡那美麗的名字，忘卻它是一種病，因而也覺到一種神祕的驕傲。只要人過我窗口問問出「水珠」麼？我就感到一種榮耀。那個感覺至今還印在腦子裡。也為這個緣故，我還記得病中奢侈的愉悅心境。雖然同其他多次的害病一樣，那次我仍然是孤獨地被囚禁在一間房屋裡休養的。那是我們老宅子裡最後的一進房子；白粉牆圍著小小院子，北面一排三間，當中夾著一個開敞的廳堂。我病在東頭娘的臥室裡。西頭是嬸嬸的住房。娘同嬸永遠要在祖母的前院裡行使她們女人們的職務的，於是我常是這三間房屋唯一留守的主人。

在那三間屋子裡病著，那經驗是難堪的。時間過得特別慢，尤其是在日中毫無睡意的時候。起初，我僅集注我的聽覺在各種似腳步，又不似腳步的上面。猜想著，等候著，希望著人來。間或聽聽隔牆各種瑣碎的聲音，由牆基底下傳達出來又消斂了去。過一會，我就不耐煩了——不記得是怎樣

第六章　自然現象

的，我就跂著鞋，捱著木床走到房門邊。房門向著廳堂斜斜地開著一扇，我便扶著門框好奇地向外探望。

那時大概剛是午後兩點鐘光景，一張剛開過飯的八仙桌，異常寂寞地立在當中。桌下一片由廳口處射進來的陽光，洩洩融融地倒在那裡。一個絕對悄寂的周圍伴著這一片無聲的金色的晶瑩，不知為什麼，忽使我六歲孩子的心裡起了一次極不平常的振盪。

那裡並沒有几案花香，美術的布置，只是一張極尋常的八仙桌。如果我的記憶沒有錯，那上面在不多時間以前，是剛陳列過鹹魚、醬菜一類極尋常儉樸的午餐的。小孩子的心卻呆了。或許兩隻眼睛倒張大一點，四處地望，似乎在尋覓一個問題的答案。為什麼那片陽光美得那樣動人？我記得我爬到房內窗前的桌子上坐著，有意無意地望望窗外，院裡粉牆疏影同室內那片金色和煦絕然不同趣味。順便我翻開手邊娘梳裝用的舊式鏡箱，又上下搖動那小排狀抽屜，同那刻成花籃形的小銅墜子，不時聽雀躍過枝清脆的鳥語。心裡卻仍為那片陽光隱著一片模糊的疑問。

時間經過二十多年，直到今天，又是這樣一洩陽光，一片不可捉摸，不可思議流動的而又恬靜的瑰寶，我才明白我那問題是永遠沒有答案的。事實上僅是如此：一張孤獨的桌，一角寂寞的廳堂，一隻靈巧的鏡箱，或窗外斷續的鳥語，和水珠──那美麗小孩子的病名──便湊巧永遠同初春靜沉的陽光整整復斜斜地成了我回憶中極自然的聯想。

作者簡介

林徽因，原名林徽音，著名女建築師、詩人和作家。著有散文、詩歌、小說、劇本、譯文和書信等，主要作品有詩歌〈你是人間的四月天〉，小說《九十九度中》，散文〈唯其是脆嫩〉等。

作品賞析

本文是林徽因作品中不多見的輕快之作。作者在初春澄黃的陽光下，倚在軟椅上，任由思緒馳騁，開啟了一段小小的精神旅行。作者由陽光的美而看到屋裡的燭光，又回憶起自己小時候的美好時光。再由記憶中被陽光震撼的時刻，穿越回現實世界。全文縱橫捭闔，收放自如。在回憶童年的部分，作者透過對外面各種腳步聲和牆外各種瑣碎聲音的猜想，展現出病中小女孩的孤獨寂寞；小女孩因為喜歡「水珠」這個名稱而把得水痘當榮耀，童真的形象躍然紙上。全文表達了作者對美好童年的追憶和嚮往。

整篇文章形散神聚，結構嚴謹。作者用優雅、浪漫又充滿靈氣的語言，把讀者帶入純潔恬靜的詩意境界，讓讀者透過「藝術家的眼睛」，去感受美的瞬間。

第六章　自然現象

必背金句

　　我望著太陽那湛明的體質，像要辨別它那交織絢爛的色澤，追逐它那不著痕跡的流動。看它潔淨地映到書桌上時，我感到桌面上平鋪著一種恬靜，一種精神上的豪興，情趣上的閒逸；即或所謂「窗明几淨」，那裡默守著神祕的期待，漾開詩的氣氛。

　　一種是燭光，高高的臺座，長垂的蠟淚，熊熊紅焰當簾幕四下時各處光影掩映。那種閃爍明豔，雅有古意，明明是畫中景象，卻含有更多詩的成分。

　　另一種便是這初春晌午的陽光，到時候有意無意的大片子灑落滿室，那些窗檻欄板几案筆硯浴在光靄中，一時全成了靜物圖案；再有紅蕊細枝點綴幾處，室內更是輕香浮溢，叫人俯仰全觸到一種靈性。

第七章　花草果蔬

　　你看落花生：大大方方的，淺白麻子，細腰，曲線美。這還只是看外貌。弄開看：一胎兒兩個或者三個粉紅的胖小子。

第七章　花草果蔬

我家的大花園

蕭紅

呼蘭河這小城裡邊住著我的祖父。

我生的時候，祖父已經六十多歲了，我長到四五歲，祖父就快七十了。

我家有一個大花園，這花園裡蜂子、蝴蝶、蜻蜓、螞蚱，樣樣都有。蝴蝶有白蝴蝶、黃蝴蝶。這種蝴蝶極小，不太好看。好看的是大紅蝴蝶，滿身帶著金粉。

蜻蜓是金的，螞蚱是綠的。蜂子則嗡嗡地飛著，滿身絨毛，落到一朵花上，胖圓圓的就和一個小毛球似的不動了。

花園裡邊明晃晃的，紅的紅，綠的綠，新鮮漂亮。

據說這花園，從前是一個果園。祖母喜歡吃果子就種了果園。祖母又喜歡養羊，羊就把果樹給啃了。果樹於是都死了。到我有記憶的時候，園子裡就只有一棵櫻桃樹，一棵李子樹，因為櫻桃和李子都不大結果子，所以覺得它們是並不存在的。小的時候，只覺得園子裡邊就有一棵大榆樹。

這榆樹，在園子的西北角上，來了風，這榆樹先嘯，來了雨，大榆樹先就冒煙了。太陽一出來，大榆樹的葉子就發光了，它們閃爍得和沙灘上的蚌殼一樣了。

祖父一天都在後園裡邊，我也跟著祖父在後園裡邊。祖父戴一個大草帽，我戴一個小草帽，祖父栽花，我就栽花；祖父拔草，我就拔草。當祖父下種，種小白菜的時候，我就跟在後邊，把那下了種的土窩，用腳一個一個地溜平，哪裡會溜得準，東一腳地、西一腳地瞎鬧。有的把菜種不單沒被土蓋上，反而把菜子踢飛了。

　　小白菜長得非常之快，沒有幾天就冒了芽了。一轉眼就可以拔下來吃了。

　　祖父鏟地，我也鏟地。因為我太小，拿不動那鋤頭桿，祖父就把鋤頭桿拔下來，讓我單拿著那個鋤頭的「頭」來鏟。其實哪裡是鏟，也不過跪在地上，用鋤頭亂勾一陣兒就是了。也認不得哪個是苗，哪個是草。往往把韭菜當作野草一起地割掉，把狗尾草當做穀穗留著。

　　等祖父發現我鏟的那塊滿留著狗尾草的一片，他就問我：

「這是什麼？」

我說：

「穀子。」

祖父大笑起來，笑得夠了，把草摘下來問我：

「妳每天吃的就是這個嗎？」

我說：

「是的。」

看著祖父還在笑，就說：

第七章　花草果蔬

「你不信，我到屋裡拿來你看。」

我跑到屋裡，拿了鳥籠上的一頭穀穗，遠遠地就拋給祖父了。說：「這不是一樣的嗎？」

祖父慢慢地把我叫過去，講給我聽，說穀子是有芒針的。狗尾草則沒有，只是毛嘟嘟的真像狗尾巴。

祖父雖然教我，我看了也並不細看，也不過馬馬虎虎承認下來就是了。一抬頭看見了一個黃瓜長大了，跑過去摘下來，我又去吃黃瓜去了。

黃瓜也許沒有吃完，又看見了一個大蜻蜓從旁飛過，於是丟了黃瓜又去追蜻蜓去了。蜻蜓飛得多麼快，哪裡會追得上。好在一開初也沒有存心一定追上。所以站起來，跟了蜻蜓跑了幾步就又去做別的去了。

採一個倭瓜花心，捉一個大綠豆青螞蚱，把螞蚱腿用線綁上。綁了一會兒，也許把螞蚱腿就綁掉了，線頭上只拴了一隻腿，而不見螞蚱。

玩膩了，又跑到祖父那裡去亂鬧一陣兒，祖父澆菜，我也搶過來澆。奇怪的就是並不往菜上澆，而是拿著水瓢，拚盡了力氣，把水往天空裡一揚，大喊著：

「下雨了，下雨了。」

太陽在園子裡是特大的，天空是特別高的。太陽的光芒四射，亮得使人睜不開眼睛，亮得蚯蚓不敢鑽出地面來，蝙蝠不敢從什麼黑暗的地方飛出來。是凡在太陽下的，都是健康的、漂亮的，拍一拍連大樹都會發響的，叫一叫就是站在

對面的土牆都會回答似的。

　　花開了，就像花睡醒了似的。鳥飛了，就像鳥上天了似的。蟲子叫了，就像蟲子在說話似的。一切都活了。都有無限的本領，要做什麼，就做什麼。要怎麼樣，就怎麼樣。都是自由的。倭瓜願意爬上架就爬上架，願意爬上房就爬上房。黃瓜願意開一個謊花[18]，就開一個謊花，願意結一個黃瓜就結一個黃瓜。若都不願意，就是一個黃瓜也不結，一朵花也不開，也沒有人問它似的。玉米願意長多高就長多高，它若願意長上天去，也沒有人管。蝴蝶隨意地飛，一會從牆頭上飛來一對黃蝴蝶，一會又從牆頭上飛走了一個白蝴蝶。牠們是從誰家來的，又飛到誰家去？太陽也不知道這個。

　　只是天空藍悠悠的，又高又遠。

　　可是白雲一來了的時候，那大團的白雲，好像翻了花的白銀似的，從祖父的頭上經過，好像要壓到了祖父的草帽那麼低。

　　我玩累了，就在房簷底下找個陰涼的地方睡著了。不用枕頭，不用蓆子，就把草帽扣在臉上就睡了。

作者簡介

　　蕭紅，原名張迺瑩，筆名蕭紅、悄吟、玲玲、田娣等。近現代女作家，民國「四大才女」之一，被譽為「1930年代的

---

[18]　謊花：指不結果實的花。

第七章　花草果蔬

文學洛神」。主要作品有《生死場》、《棄兒》、《馬伯樂》、《呼蘭河傳》等。

作品賞析

本文選自蕭紅的代表作《呼蘭河傳》,作者以孩童的視角,描寫自己記憶中的故鄉。蕭紅最親的人是祖父,她童年中最快樂的時光就是和祖父在園子裡玩。她用童真、質樸的語言,描繪了花園裡的自然萬物和美好景色,表達了對故鄉和童年自由純真生活的懷念。作者用了一系列疊字和很多排比的修辭手法,表達了童年無憂無慮的心境。

必背金句

花園裡邊明晃晃的,紅的紅,綠的綠,新鮮漂亮。

是凡在太陽下的,都是健康的、漂亮的,拍一拍連大樹都會發響的,叫一叫就是站在對面的土牆都會回答似的。

花開了,就像花睡醒了似的。鳥飛了,就像鳥上天了似的。蟲子叫了,就像蟲子在說話似的。一切都活了。都有無限的本領,要做什麼,就做什麼。要怎麼樣,就怎麼樣。都是自由的。

臘葉

魯迅

燈下看《雁門集》，忽然翻出一片壓乾的楓葉來。

這使我記起去年的深秋。繁霜夜降，木葉多半凋零，庭前的一株小小的楓樹也變成紅色了。我曾繞樹徘徊，細看葉片的顏色，當它青蔥的時候是從沒有這麼注意的。它也並非全樹通紅，最多的是淺絳，有幾片則在緋紅地上，還帶著幾團濃綠。一片獨有一點蛀孔，鑲著烏黑的花邊，在紅、黃和綠的斑駁中，明眸似的向人凝視。我自念：這是病葉呵！便將它摘了下來，夾在剛才買到的《雁門集》裡。大概是願使這將墜的被蝕而斑斕的顏色，暫得保存，不即與群葉一同飄散罷。

但今夜它卻黃蠟似的躺在我的眼前，那眸子也不復似去年一般灼灼。假使再過幾年，舊時的顏色在我記憶中消去，怕連我也不知道它何以夾在書裡面的原因了。將墜的病葉的斑斕，似乎也只能在極短時中相對，更何況是蔥鬱的呢。看看窗外，很能耐寒的樹木也早經禿盡了，楓樹更何消說得。當深秋時，想來也許有和這去年的模樣相似的病葉的罷，但可惜我今年竟沒有賞玩秋樹的餘閒。

第七章　花草果蔬

作者簡介

魯迅，原名周樟壽，後改名周樹人，原字豫山，後改豫才。中國現代文學的奠基人，著名文學家、思想家、革命家，新文化運動的重要參與者。主要作品有小說集《吶喊》、《徬徨》、《故事新編》；散文集《朝花夕拾》；散文詩集《野草》等。

作品賞析

本文選自魯迅的散文詩《野草》。魯迅在《野草》的英文譯本序中說：「〈臘葉〉是為愛我者的想要保存我而作的。」作者用病葉代表自己，以「愛我者」的口吻來憐惜病葉，表達對「愛我者」的感激。文末寫道：「將墜的病葉的斑斕，似乎也只能在極短時中相對，更何況是蔥鬱的呢。」從前文因感激「愛我者」的自謙自抑，轉入了對生命消逝的傷感。

必背金句

繁霜夜降，木葉多半凋零，庭前的一株小小的楓樹也變成紅色了。

它也並非全樹通紅，最多的是淺絳，有幾片則在緋紅地上，還帶著幾團濃綠。一片獨有一點蛀孔，鑲著烏黑的花邊，在紅、黃和綠的斑駁中，明眸似的向人凝視。

故鄉的野菜

周作人

　　我的故鄉不止一個,我住過的地方都是故鄉。故鄉對於我並沒有什麼特別的情分,只因釣於斯遊於斯的關係,朝夕會面,遂成相識,正如鄉村裡的鄰舍一樣,雖然不是親屬,別後有時也要想念到他。我在浙東住過十幾年,南京東京都住過六年,這都是我的故鄉;現在住在北京,於是北京就成了我的家鄉了。

　　日前我的妻往西單市場買菜回來,說起有薺菜在那裡賣著,我便想起浙東的事來。薺菜是浙東人春天常吃的野菜,鄉間不必說,就是城裡只要有後園的人家都可以隨時採食,婦女小兒各拿一把剪刀一隻「苗籃」,蹲在地上搜尋,是一種有趣味的遊戲的工作。那時小孩們唱道:「薺菜馬蘭頭,姊姊嫁在後門頭。」後來馬蘭頭有鄉人拿來進城售賣了,但薺菜還是一種野菜,須得自家去採。關於薺菜向來頗有風雅的傳說,不過這似乎以吳地為主。《西湖遊覽志》云:「三月三日男女皆戴薺菜花。諺云:三春戴薺花,桃李羞繁華。」顧祿的《清嘉錄》上亦說:「薺菜花俗呼野菜花,因諺有三月三螞蟻上灶山之語,三日人家皆以野菜花置灶徑上,以厭蟲蟻。侵晨

第七章　花草果蔬

村童叫賣不絕。或婦女簪髻上以祈清目,俗號眼亮花。」但浙東人卻不很理會這些事情,只是挑來做菜或炒年糕吃罷了。

黃花麥果通稱鼠麴草,系菊科植物,葉小微圓互生,表面有白毛,花黃色,簇生梢頭。春天採嫩葉,搗爛去汁,和粉作糕,稱黃花麥果糕。小孩們有歌讚美之云：

黃花麥果韌結結,

關得大門自要吃,

半塊拿弗出,一塊自要吃。

清明前後掃墓時,有些人家 —— 大約是保存古風的人家 —— 用黃花麥果作供,但不作餅狀,做成小顆如指頂大,或細條如小指,以五六個作一攢,名曰繭果,不知是什麼意思,或因鼇上山時設祭,也用這種食品,故有是稱,亦未可知。自從十二三歲時外出不參與外祖家掃墓以後,不復見過繭果,近來住在北京,也不再見黃花麥果的影子了。日本稱作「御形」,與薺菜同為春天的七草之一,也採來做點心用,狀如艾餃,名曰「草餅」,春分前後多食之,在北京也有,但是吃去總是日本風味,不復是兒時的黃花麥果糕了。

掃墓時候所常吃的還有一種野菜,俗稱草紫,通稱紫雲英。農人在收穫後,播種田內,用作肥料,是一種很被賤視的植物,但採取嫩莖瀹食,味頗鮮美,似豌豆苗。花紫紅色,數十畝接連不斷,一片錦繡,如鋪著華美的地毯,非常好看,而且花朵狀若蝴蝶,又如雞雛,尤為小孩所喜。間有白色的花,相傳可以治痢,很是珍重,但不易得。日本《俳

句大辭典》云:「此草與蒲公英同是習見的東西,從幼年時代便已熟識。在女人裡邊,不曾採過紫雲英的人,恐未必有吧。」中國古來沒有花環,但紫雲英的花球卻是小孩常玩的東西,這一層我還替那些小人們欣幸的,浙東掃墓用鼓吹,所以少年常隨了樂音去看「上墳船裡的姣姣」;沒有錢的人家雖沒有鼓吹,但是船頭上篷窗下總露出些紫雲英和杜鵑的花束,這也就是上墳船的確實的證據了。

作者簡介

周作人,原名櫆壽,字星杓,又名啟明、啟孟、起孟。魯迅(周樹人)之弟,周建人之兄。中國現代著名散文家、詩人、翻譯家,新文化運動的傑出代表。主要作品有《木片集》、《魯迅的青年時代》等。

作品賞析

本文寫於一九二四年,當時作者為躲避紛擾,時常被迫搬家。在文章的開頭,作者認為「故鄉對於我並沒有什麼特別的情分」,然而,當得知西單市場有薺菜的時候,便想起了浙東舊事,進而回憶起兒時的黃花麥果、紫雲英。這些稀鬆平常的野菜背後,是作者對兒時的美好回憶。作者表面上對故鄉滿不在乎,實際上卻是思鄉情切。

第七章　花草果蔬

必背金句

　　花紫紅色，數十畝接連不斷，一片錦繡，如鋪著華美的地毯，非常好看，而且花朵狀若蝴蝶，又如雞雛，尤為小孩所喜。

　　所以少年常隨了樂音去看「上墳船裡的姣姣」；沒有錢的人家雖沒有鼓吹，但是船頭上篷窗下總露出些紫雲英和杜鵑的花束，這也就是上墳船的確實的證據了。

落花生

老舍

我是個謙卑的人。但是,口袋裡裝上四個銅板的落花生,一邊走一邊吃,我開始覺得比秦始皇還驕傲。假若有人問我:「你要是作了皇上,你怎麼享受呢?」簡直的不必思索,我就答得出:「派四個大臣拿著兩塊錢的銅子,愛買多少花生吃就買多少!」

什麼東西都有個幸與不幸。不知道為什麼瓜子比花生的名氣大。你說,憑良心說,瓜子有什麼吃頭?它夾你的舌頭,塞你的牙,激起你的怒氣 —— 因為一咬就碎;就是幸而沒碎,也不過是那麼小小的一片,不解餓,沒味道,勞民傷財,布林喬亞!你看落花生:大大方方的,淺白麻子,細腰,曲線美。這還只是看外貌。弄開看:一胎兒兩個或者三個粉紅的胖小子。脫去粉紅的衫兒,象牙色的豆瓣一對對地抱著,上邊兒還結著吻。那個光滑,那個水靈,那個香噴噴的,碰到牙上那個乾鬆酥軟!白嘴吃也好,就酒喝也好,放在舌上當檳榔含著也好。寫文章的時候,三四個花生可以代替一支香菸,而且有益無損。

種類還多呢:大花生,小花生,大花生米,小花生米,

第七章　花草果蔬

糖餞的，炒的，煮的，炸的，各有各的風味，而都好吃。下雨陰天，煮上些小花生，放點鹽；來四兩玫瑰露；夠作好幾首詩的。瓜子可給詩的靈感？冬夜，早早地躺在被窩裡，看著《水滸傳》，枕旁放著些花生米；花生米的香味，在舌上，在鼻尖；被窩裡的暖氣，武松打虎……這便是天國！冬天在路上，颳著冷風，或下著雪，袋裡有些花生使你心中有了主兒；掏出一個來，剝了，慌忙往口中送，閉著嘴嚼，風或雪立刻不那麼厲害了。況且，一個二十歲以上的人肯神仙似的，無憂無慮的，隨隨便便的，在街上一邊走一邊吃花生，這個人將來要是作了宰相或度支部尚書，他是不會有官僚氣與貪財的。他若是作了皇上，必是樸儉溫和直爽天真的一位皇上，沒錯。

吃瓜子的照例不在街上走著吃，所以我不給他保這個險。

至於家中要是有小孩兒，花生簡直比什麼也重要。不但可以吃，而且能拿它們玩。夾在耳唇上當環子，幾個小姑娘就能辦很大的一回喜事。小男孩若找不著玻璃球兒，花生也可以當彈兒。玩法還多著呢。玩了之後，剝開再吃，也還不髒。兩個大子兒的花生可以玩半天；給他們些瓜子試試。

論樣子，論味道，栗子其實滿有勢派兒。可是它沒有落花生那點家常的「自己」勁兒。栗子跟人沒有交情，彷彿是。核桃也不行，榛子就更顯著疏遠。落花生在哪裡都有人緣，自天子以至庶人都跟它是朋友；這不容易。

在英國，花生叫做「猴豆」── Monkey nuts。人們到動物園去才帶上一包，去餵猴子。花生在這個國裡真不算很

光榮,可是我親眼看見去餵猴子的人——小孩就更不用提了——偷偷地也往自己口中送這猴豆。花生和蘋果好像一樣的有點魔力,假如你知道蘋果的典故;我這裡確是用著典故。

美國吃花生的不限於猴子。我記得有位美國姑娘,在到中國來的時候,把幾隻皮箱的空處都填滿了花生,大概湊起來總夠十來斤吧,怕是到中國吃不著這種寶物。美國姑娘都這樣重看花生,可見它確是有價值;按照哥倫比亞的哲學博士的辯證法看,這當然沒有誤兒。

花生大概還跟婚禮有點關係,一時我可想不起來是怎麼個辦法了;不是新娘子在轎裡吃花生,不是;反正是什麼什麼春吧——你可曉得這個典故?其實花轎裡真放上一包花生米,新娘子未必不一邊落淚一邊嚼著。

作者簡介

老舍,原名舒慶春,字舍予。現代小說家、作家、語言大師。主要作品有長篇小說《駱駝祥子》、《四世同堂》,話劇《茶館》、《龍鬚溝》,短篇小說《趕集》等。

作品賞析

本文輕鬆幽默,開篇的「我是個謙卑的人……派四個大臣拿著兩塊錢的銅子,愛買多少花生吃就買多少」,讓人讀了

第七章　花草果蔬

忍俊不禁。老舍對花生的描寫精細傳神,「大大方方,淺白麻子,細腰,曲線美」,為花生勾勒了一張速寫圖。吃花生的畫面也十分生活化:「冬夜,早早地躺在被窩裡,看著《水滸傳》,枕旁放著些花生米⋯⋯」此外,作者還寫了孩子用花生玩遊戲,有關花生的典故和趣事,從不同角度寫出了自己對花生的喜愛。

必背金句

　　你看落花生:大大方方的,淺白麻子,細腰,曲線美。這還只是看外貌。弄開看:一胎兒兩個或者三個粉紅的胖小子。冬天在路上,颳著冷風,或下著雪,袋裡有些花生使你心中有了主兒;掏出一個來,剝了,慌忙往口中送,閉著嘴嚼,風或雪立刻不那麼厲害了。

第八章　可愛動物

> 待到四處蛙鳴的時候,小鴨也已經長成,兩個白的,兩個花的,而且不復咻咻地叫,都是「鴨鴨」地叫了。

第八章　可愛動物

小麻雀

老舍

　　雨後，院裡來了個麻雀，剛長全了羽毛。牠在院裡跳，有時飛一下，不過是由地上飛到花盆沿上，或由花盆上飛下來。看牠這麼飛了兩三次，我看出來：牠並不會飛得再高一些，牠的左翅的幾根長翎撐在一處，有一根特別的長，似乎要脫落下來。我試著往前湊，牠跳一跳，可是又停住，看著我，小黑豆眼帶出點要親近我又不完全信任的神氣。我想到了：這是個熟鳥，也許是自幼便養在籠中的。所以牠不十分怕人。可是牠的左翅也許是被養著牠的或別個孩子給扯壞，所以牠愛人，又不完全信任。想到這個，我忽然的很難過。一個飛禽失去翅膀是多麼可憐。這個小鳥離了人恐怕不會活，可是人又那麼狠心，傷了牠的翎羽。牠被人毀壞了，而還想依靠人，多麼可憐！牠的眼帶出進退為難的神情，雖然只是那麼個小而不美的小鳥，牠的舉動與表情可露出極大的委屈與為難。牠是要保全牠那點生命，而不曉得如何是好。對牠自己與人都沒有信心，而又願找到些倚靠。牠跳一跳，停一停，看著我，又不敢過來。我想拿幾個飯粒誘牠前來，又不敢離開，我怕小貓來撲牠。可是小貓並沒在院裡，我很快地跑進廚房，抓來了幾個飯粒。及至我回來，小鳥已不見

小麻雀

了。我向外院跑去，小貓在影壁前的花盆旁蹲著呢。我忙去驅逐牠，牠只一撲，把小鳥擒住！被人養慣的小麻雀，連掙扎都不會，尾與爪在貓嘴旁搭拉著，和死去差不多。

　　瞧著小鳥，貓一頭跑進廚房，又一頭跑到西屋。我不敢緊迫，怕牠更咬緊了，可又不能不追。雖然看不見小鳥的頭部，我還沒忘了那個眼神。那個預知生命危險的眼神。那個眼神與我的好心中間隔著一隻小白貓。來回跑了幾次，我不追了。追上也沒用了，我想，小鳥至少已半死了。貓又進了廚房，我愣了一會兒，趕緊地又追了去；那兩個黑豆眼彷彿在我心內睜著呢。

　　進了廚房，貓在一條鐵筒──冬天升火通煙用的，春天拆下來便放在廚房的牆角──旁蹲著呢。小鳥已不見了。鐵筒的下端未完全扣在地上，開著一個不小的縫兒，小貓用腳往裡探。我的希望回來了，小鳥沒死。小貓本來才四個來月大，還沒捉住過老鼠，或者還不會殺生，只是叼著小鳥玩一玩。正在這麼想，小鳥，忽然出來了，貓倒像嚇了一跳，往後躲了躲。小鳥的樣子，我一眼便看清了，登時使我要閉上了眼。小鳥幾乎是蹲著，胸離地很近，像人害肚痛蹲在地上那樣。牠身上並沒血。身子可似乎是蜷在一塊，非常的短。頭低著，小嘴指著地。那兩個黑眼珠！非常的黑，非常的大，不看什麼，就那麼頂黑頂大的愣著。牠只有那麼一點活氣，都在眼裡，像是等著貓再撲牠，牠沒力量反抗或逃避；又像是等著貓赦免了牠，或是來個救星。生與死都在這倆眼

第八章　可愛動物

裡,而並不是清醒的。牠是胡塗了,昏迷了;不然為什麼由鐵筒中出來呢?可是,雖然昏迷,到底有那麼一點說不清的,生命根源的,希望。這個希望使牠注視著地上,等著,等著生或死。牠怕得非常的忠誠,完全把自己交給了一線的希望,一點也不動。像把生命要從兩眼中流出,牠不叫,不動。

小貓沒再撲牠,只試著用小腳碰牠。牠隨著擊碰傾側,頭不動,眼不動,還呆呆地注視著地上。但求牠能活著,牠就決不反抗。可是並非全無勇氣,牠是在貓的面前不動!我輕輕地過去,把貓抓住。將貓放在門外,小鳥還沒動。我雙手把牠捧起來。牠確是沒受了多大的傷,雖然胸上落了點毛。牠看了我一眼!

我沒主意:把牠放了吧,牠準是死!養著牠吧,家中沒有籠子。我捧著牠好像世上一切生命都在我的掌中似的,我不知怎樣好。小鳥不動,蜷著身,兩眼還那麼黑,等著!愣了好久,我把牠捧到臥室裡,放在桌子上,看著牠,牠又愣了半天,忽然頭向左右歪了歪,用牠的黑眼飄了一下;又不動了,可是身子長出來一些,還低頭看著,似乎明白了點什麼。

作者簡介

老舍,原名舒慶春,字舍予。現代小說家、作家、語言大師。主要作品有長篇小說《駱駝祥子》、《四世同堂》,話劇《茶館》、《龍鬚溝》,短篇小說《趕集》等。

作品賞析

〈小麻雀〉是一篇託物言志的抒情性散文，主要講述了作者發現並救助受傷的小麻雀的過程。文中的小麻雀代表被欺壓的弱小者，貓代表當時欺壓人民的統治者。作者用比喻、擬人等手法，把小麻雀的神態、動作描寫得細緻、生動、活靈活現。「小黑豆眼睛」流露出的無助與委屈，令作者動了惻隱之心，灑下同情之淚。作者用隱喻的手法告訴讀者，弱小的小麻雀想在冷酷的環境中生存下去，必須依靠自己的力量去抗爭。

必背金句

牠的眼帶出進退為難的神情，雖然只是那麼個小而不美的小鳥，牠的舉動與表情可露出極大的委屈與為難。

牠只有那麼一點活氣，都在眼裡，像是等著貓再撲牠，牠沒力量反抗或逃避；又像是等著貓赦免了牠，或是來個救星。生與死都在這倆眼裡，而並不是清醒的。

第八章　可愛動物

鴨的喜劇

魯迅

俄國的盲詩人愛羅先珂君帶了他那六弦琴到北京之後不多久,便向我訴苦說:

「寂寞呀,寂寞呀,在沙漠上似的寂寞呀!」

這應該是真實的,但在我卻未曾感得。我住得久了,「入芝蘭之室,久而不聞其香」,只以為很是嚷嚷罷了。然而我之所謂嚷嚷,或者也就是他之所謂寂寞罷。

我可是覺得在北京彷彿沒有春和秋。老於北京的人說,地氣北轉了,這裡在先是沒有這麼和暖。只是我總以為沒有春和秋:冬末和夏初銜接起來,夏才去,冬又開始了。

一日就是這冬末夏初的時候,而且是夜間,我偶而[19]得了閒暇,去訪問愛羅先珂君。他一向寓在仲密君的家裡。這時一家的人都睡了覺了,天下很安靜。他獨自靠在自己的臥榻上,很高的眉稜在金黃色的長髮之間微蹙了,是在想他舊遊之地的緬甸,緬甸的夏夜。

「這樣的夜間,」他說,「在緬甸是遍地是音樂。房裡,草間,樹上,都有昆蟲吟叫,各種聲音,成為合奏,

---

[19] 偶而:現一般用「偶爾」。

很神奇。其間時時夾著蛇鳴：『嘶嘶！』可是也與蟲聲相和協……」他沉思了，似乎想要追想起那時的情景來。

我開不得口。這樣奇妙的音樂，我在北京確乎未曾聽到過，所以即使如何愛國，也辯護不得，因為他雖然目無所見，耳朵是沒有聾的。

「北京卻連蛙鳴也沒有……」他又嘆息說。

「蛙鳴是有的！」這嘆息，卻使我勇猛起來了，於是抗議說，「到夏天，大雨之後，你便能聽到許多蝦蟆[20]叫，那是都在溝裡面的，因為北京到處都有溝。」

「哦……」

過了幾天，我的話居然證實了，因為愛羅先珂君已經買到了十幾個蝌斗[21]子。他買來便放在他窗外的院子中央的小池裡。那池的長有三尺，寬有二尺，是仲密所掘，以種荷花的荷池。從這荷池裡，雖然從來沒有見過養出半朵荷花來，然而養蝦蟆卻實在是一個極合適的處所。

蝌斗成群結隊地在水裡面游泳，愛羅先珂君也常常踱來訪牠們。有時候，孩子告訴他說：「愛羅先珂先生，牠們生了腳了。」他便高興地微笑道：「哦！」

然而養成池沼的音樂家卻只是愛羅先珂君的一件事。他是向來主張自食其力的，常說女人可以畜牧，男人就應該種田。所以遇到很熟的友人，他便要勸誘他就在院子裡種白菜；

---

[20] 蝦蟆：同「蛤蟆」，後文同。
[21] 蝌斗：同「蝌蚪」，後文同。

第八章　可愛動物

也屢次對仲密夫人勸告，勸伊養蜂，養雞，養豬，養牛，養駱駝。後來仲密家果然有了許多小雞，滿院飛跑，啄完了鋪地錦的嫩葉，大約也許就是這勸告的結果了。

從此賣小雞的鄉下人也時常來，來一回便買幾隻，因為小雞是容易積食，發痧，很難得長壽的；而且有一匹還成了愛羅先珂君在北京所作唯一的小說《小雞的悲劇》裡的主角。有一天的上午，那鄉下人竟意外的帶了小鴨來了，咻咻地叫著，但是仲密夫人說不要。愛羅先珂君也跑出來，他們就放一個在他兩手裡，而小鴨便在他兩手裡咻咻地叫。他以為這也很可愛，於是又不能不買了，一共買了四個，每個八十文。

小鴨也誠然是可愛，遍身松花黃，放在地上，便蹣跚地走，互相招呼，總是在一處。大家都說好，明天去買泥鰍來餵牠們罷。愛羅先珂君說：「這錢也可以歸我出的。」

他於是教書去了，大家也走散。不一會，仲密夫人拿冷飯來餵他們時，在遠處已聽得潑水的聲音，跑到一看，原來那四個小鴨都在荷池裡洗澡了，而且還翻筋斗，吃東西呢。等到攔牠們上了岸，全池已經是渾水，過了半天，澄清了，只見泥裡露出幾條細藕來，而且再也尋不出一個已經生了腳的蝌斗了。

「伊和希珂先，沒有了，蝦蟆的兒子。」傍晚時候，孩子們一見他回來，最小的一個便趕緊說。

「唔，蝦蟆？」

仲密夫人也出來了，報告了小鴨吃完蝌斗的故事。

「唉，唉！……」他說。

鴨的喜劇

待到小鴨褪了黃毛,愛羅先珂君卻忽而渴唸著他的「俄羅斯母親」[22]了,便匆匆地向赤塔去。

待到四處蛙鳴的時候,小鴨也已經長成,兩個白的,兩個花的,而且不復咻咻地叫,都是「鴨鴨」地叫了。荷花池也早已容不下牠們盤桓了,幸而仲密的住家的地勢是很低的,夏雨一降,院子裡滿積了水,牠們便欣欣然,游水,鑽水,拍翅子,「鴨鴨」地叫。

現在又從夏末交了冬初,而愛羅先珂君還是絕無消息,不知道究竟在哪裡了。

只有四隻鴨,卻還在沙漠上「鴨鴨」地叫。

作者簡介

魯迅,原名周樟壽,後改名周樹人,原字豫山,後改豫才。中國現代文學的奠基人,著名文學家、思想家、革命家,新文化運動的重要參與者。主要作品有小說集《吶喊》、《徬徨》、《故事新編》;散文集《朝花夕拾》;散文詩集《野草》等。

作品賞析

〈鴨的喜劇〉是魯迅先生於一九二二年創作的一篇帶有紀實性色彩的散文體小說,也是魯迅小說創作中唯一以外國人

---

[22] 俄羅斯母親:俄羅斯人民對祖國的愛稱。

第八章　可愛動物

為主角的小說。盲詩人愛羅先珂旅居北京時，因寂寞所以想透過「蛙鳴」來打破這種沉寂。不幸的是，他放養在池塘中的蝌蚪全被鴨子吃光了。文章看似寫的是鴨的喜劇，實際上卻暗諷了當時冷漠無情的社會現狀。文中的主角善良、誠摯、富於同情心，然而他所期盼的那種互助互愛的和諧生活，在當時的社會背景下是不可能實現的。這篇小說在寫作上有散文特色，筆觸細膩溫婉，結構清晰明瞭，語言質樸自然，蘊含著深刻的哲理內涵。

必背金句

　　這時一家的人都睡了覺了，天下很安靜。他獨自靠在自己的臥榻上，很高的眉稜在金黃色的長髮之間微蹙了，是在想他舊遊之地的緬甸，緬甸的夏夜。

　　待到四處蛙鳴的時候，小鴨也已經長成，兩個白的，兩個花的，而且不復咻咻地叫，都是「鴨鴨」地叫了。

夏天的蛙

魯彥

　　夏日的雨後，蟬聲靜寂了。嘓嘓的蛙聲又進了我的耳鼓。雖像是有點淒涼，可是覺得特別的甜美。因為春天早已過去，蛙的鳴聲也早已靜默了。

　　春天裡，漫天遍地的蛙不息地合奏著，彷彿並不足珍貴，而現在，卻起了悔恨之感，以為即使默默地數著蛙聲的振動的波浪的次數，度過整個的春天，生命也是幸福的。

　　然而現在，春天早已過去，蛙聲也早已靜默，而眼前的即使帶著淒涼的鳴聲也瞬將消滅了。

　　青春呵，我的青春！

　　我的青春已被時光一分一秒地捲散，一點一滴地消滅，現在全完了。

　　然而我卻才開始珍惜起來。

　　我曾有過雨後的玫瑰那樣嬌嫩的面龐，我曾有過火一般紅的熱情的心。就在那時，我還有過不少的美麗的女友。她們全愛著我。然而我不曾將我的心的門開啟來給她們。我顧忌著一切。她們伸過柔軟的手來給我，我不敢握住那些手；她們對我湊過嬌嫩的嘴來，我不敢甜蜜地吻過去。我掉轉頭走了。

第八章　可愛動物

因為我要求知識。

我有很聰明的頭腦,我有很好的記憶力。同時,我還有學問很豐富的教師,很用功的朋友。他們都看重我,幫助我。還有很大的圖書館,整天開著門給我。然而我不曾努力下去,我不久走了。

因為我要工作。

我有強壯的身體,我有鋼鐵一般的筋骨。我的兩手靈活而且有力。我能夠挑很重的擔子,能夠做很細巧的手工。我的膽子大,不怕爬山過嶺,飄洋過海。我可以幾天不睡覺,幾天不吃飯。然而我不久也厭倦了,我不願意工作。

因為我有父親,我可以依賴他。

父親,世上唯一愛我的父親!他不怕苦,不怕病,從我出世起,一直撫養著我,庇護著我。他的整個生命,他的一分一秒的努力,全是為的我這個兒子。他的呼喚,他的眼光,他的思念,沒一刻不集中在我身上。

然而父親,我的父親啊!他現在不再庇護我了!他不再撫摩著我,勉勵著我了!

我不能再見到我的父親。

我現在才知道開始愛我的父親。我願意我的一舉一動,我的一呼一吸,全貢獻給父親。我願意我的整個的生命,我的一分一秒的時光,全為著父親。

但是父親不再回來了。

我自己也已做了孩子的父親。

我的青春也全完了。

然而我今天才開始珍惜起來，願意把整個的青春獻給愛情、知識或工作。

「遲了！遲了！」我懂得蟬兒在說什麼。

我這愚蒙的人啊，我沒有蟬兒那樣的聰明。現在正是夏天，牠們知道這是牠們的世界，不息地鳴著，不肯默默地放過一分一秒的時光。

就連那些蛙兒們，牠們也知道抓住夏天中有著春天意味的一刻而高鳴著。

作者簡介

魯彥，原名王燮（ㄒㄧㄝˋ）臣，又名王衡、王魯彥、返我。著名鄉土小說家、翻譯家，藝術風格以細膩、樸素、自然為主要表現。主要作品有《柚子》、《黃金》、《童年的悲哀》、《菊英的出嫁》、《小小的心》、《鼠牙》等。

作品賞析

本文託物抒情、立意深刻，作者用對比的手法，透過描寫蛙和蟬的努力鳴叫，對比自己荒廢時間的錯誤行為，告誡

第八章　可愛動物

人們要珍惜當下，努力奮鬥。作者寫到父親時，表達了自己沒能好好陪伴和關心父親的遺憾，以及失去後才懂得珍惜的悔恨。文末又描寫到蛙的鳴叫，「牠們也知道抓住夏天中有著春天意味的一刻而高鳴著」，首尾呼應，再一次點明文章主題：努力鳴叫，不辜負時光。

必背金句

　　春天裡，漫天遍地的蛙不息地合奏著，彷彿並不足珍貴，而現在，卻起了悔恨之感，以為即使默默地數著蛙聲的振動的波浪的次數，度過整個的春天，生命也是幸福的。

　　他不怕苦，不怕病，從我出世起，一直撫養著我，庇護著我。他的整個生命，他的一分一秒的努力，全是為的我這個兒子。他的呼喚，他的眼光，他的思念，沒一刻不集中在我身上。

　　我這愚蒙的人啊，我沒有蟬兒那樣的聰明。現在正是夏天，牠們知道這是牠們的世界，不息地鳴著，不肯默默地放過一分一秒的時光。

小黑狗

蕭紅

　　像從前一樣，大狗是睡在門前的木臺上。望著這兩隻狗，我沉默著。我自己知道又是想起我的小黑狗來了。

　　前兩個月的一天早晨，我去倒髒水。在房後的角落處，房東的使女小鈺蹲在那裡。她的黃頭髮毛著，我記得清清的，她的衣鈕還開著。我看見的是她的背面，所以我不能預測這是發生了什麼！

　　我斟酌著我的聲音，還不等我向她問，她的手已在顫抖，唔！她顫抖的小手上有個小狗在閉著眼睛，我問：

「哪裡來的？」

「妳來看吧！」

　　她說著，我只看她毛蓬的頭髮搖了一下，手上又是一個小狗在閉著眼睛。

　　不僅一個兩個，不能辨清是幾個，簡直是一小堆。我也和孩子一樣，和小鈺一樣歡喜著跑進屋去，在床邊拉他的手：

「平森……啊，……喔喔……」

　　我的鞋底在地板上響，但我沒說出一個字來，我的嘴廢

第八章　可愛動物

物似的啊喔著。他的眼睛瞪住,和我一樣,我是為了歡喜,他是為了驚愕。最後我告訴了他,是房東的大狗生了小狗。

過了四天,別的一隻母狗也生了小狗。

以後小狗都睜開眼睛了。我們天天玩著牠們,又給小狗搬了個家,把牠們都裝進木箱裡。

爭吵就是這天發生的:小鈺看見老狗把小狗吃掉一隻,怕是那隻老狗把牠的小狗完全吃掉,所以不同意小狗和那個老狗同居,大家就搶奪著把餘下的三個小狗也給裝進木箱去,算是那隻白花狗生的。

那個毛褪得稀疏、骨骼突露、瘦得龍樣似的老狗,追上來。白花狗仗著年輕不懼敵,哼吐著開仗的聲音。平時這兩條狗從不咬架,就連咬人也不會。現在凶惡極了。就像兩條小熊在咬架一樣。房東的男兒、女兒、聽差、使女,又加我們兩個,此時都沒有用了。不能使兩個狗分開。兩個狗滿院瘋狂地拖跑。人也瘋狂著。在人們吵鬧的聲音裡,老狗的乳頭脫掉一個,含在白花狗的嘴裡。

人們算是把狗打開了。老狗再追去時,白花狗已經把乳頭吐到地上,跳進木箱看護牠的一群小狗去了。

脫掉乳頭的老狗,血流著,痛得滿院轉走。木箱裡牠的三個小狗卻擁擠著不是自己的媽媽,在安然地吃奶。

有一天,把個小狗抱進屋來放在桌上,牠害怕,不能邁步,全身有些顫,我笑著像是得意,說:

「平森,看小狗啊!」

他卻相反,說道:

「哼!現在覺得小狗好玩,長大要餓死的時候,就無人管了。」

這話間接的可以了解。我笑著的臉被這話毀壞了,用我寞寞的手,把小狗送了出去。我心裡有些不願意,不願意小狗將來餓死。可是我卻沒有說什麼,面向後窗,我看望後窗外的空地;這塊空地沒有陽光照過,四面立著的是有產階級的高樓,幾乎是和陽光絕了緣。不知什麼時候,小狗是腐了,爛了,擠在木板下,左近有蒼蠅飛著。我的心情完全神經質下去,好像躺在木板下的小狗就是我自己,像聽著蒼蠅在自己已死的屍體上尋食一樣。

平森走過來,我怕又要證實他方才的話。我假裝無事,可是他已經看見那個小狗了。我怕他又要象徵著說什麼,可是他已經說了:

「一個小狗死在這沒有陽光的地方,妳覺得可憐麼?年老的叫化子不能尋食,死在陰溝裡,或是黑暗的街道上;女人,孩子,就是年輕人失了業的時候也是一樣。」

我願意哭出來,但我不能因為人都說女人一哭就算了事,我不願意了事。可是慢慢地我終於哭了!他說:「悄悄,妳要哭麼?這是平常的事,凍死,餓死,黑暗死,每天都有這樣的事情,把持住自己。渡我們的橋梁吧,小孩子!」

我怕著羞,把眼淚拭乾了,但,終日我是心情寞寞。

第八章　可愛動物

　　過了些日子，十二個小狗之中又少了兩個。但是剩下的這些更可愛了。會搖尾巴，會學著大狗叫，跑起來在院子就是一小群。有時門口來了生人，牠們也跟著大狗跑去，並不咬，只是搖著尾巴，就像和生人要好似的，這或是小狗還不曉得牠們的責任，還不曉得保護主人的財產。

　　天井中納涼的軟椅上，房東太太吸著菸。她開始說家常話了。結果又說到了小狗：

　　「這一大群什麼用也沒有，一個好看的也沒有，過幾天把牠們遠遠地送到馬路上去。秋天又要有一群，厭死人了！」

　　坐在軟椅旁邊的是個六十多歲的老更倌。眼花著，有主意的嘴結結巴巴地說：

　　「明明……天，用麻……袋背送到大江去……」

　　小鈺是個小孩子，她說：

　　「不用送大江，慢慢都會送出去。」

　　小狗滿院跑跳。我最願意看的是牠們睡覺，多是一個壓著一個脖子睡，小圓肚一個個的相擠著。凡來了熟人的時候都是往外介紹，生得好看一點的抱走了幾個。

　　其中有一個耳朵最大，肚子最圓的小黑狗，算是我的了。我們的朋友用小提籃帶回去兩個，剩下的只有一個小黑狗和一個小黃狗。老狗對牠兩個非常珍惜起來，爭著給小狗去舐絨毛。這時候小狗在院子裡已經不成群了。

　　我從街上回來，打開窗子。我讀一本小說。那個小黃狗

撓著窗紗,和我玩笑似的豎起身子來撓了又撓。

我想:

「怎麼幾天沒有見到小黑狗呢?」

我喊來了小鈺。別的同院住的人都出來了,找遍全院,不見我的小黑狗。馬路上也沒有可愛的小黑狗,再也看不見牠的大耳朵了!牠忽然是失了蹤!

又過三天,小黃狗也被人拿走。

沒有媽媽的小鈺向我說:

「大狗一聽隔院的小狗叫,牠就想起牠的孩子。可是滿院急尋,上樓頂去張望。最終一個都不見,牠哽哽地叫呢!」

十三個小狗一個不見了!和兩個月以前一樣,大狗是孤獨地睡在木臺上。

平森的小腳,鴿子形的小腳,棲在床單上,他是睡了。我在寫,我在想,玻璃窗上的三個蒼蠅在飛⋯⋯

作者簡介

蕭紅,原名張廼瑩,筆名蕭紅、悄吟、玲玲、田娣等。近現代女作家,民國「四大才女」之一,被譽為「1930年代的文學洛神」。主要作品有《生死場》、《棄兒》、《馬伯樂》、《呼蘭河傳》等。

第八章　可愛動物

作品賞析

　　這篇文章講述的是作者童年時期與房東家中所養的一群狗相處時的回憶，歡快的表象下是深深的哀嘆，整篇文章沉浸在憂傷沉鬱的氛圍之中。文中的母狗無意間吃掉一隻自己的孩子，於是其他小狗被寄養到別處。作者本以為這些小狗會平安快樂地長大，可是最後卻沒能逃脫可悲的命運，連作者自己領養的那隻小黑狗也莫名失蹤了。狗的命運代表著人的命運，作者以孩子的視角進行描寫，同情小狗們的遭遇，更深層次是對自己和同樣活在社會底層人民的同情與憐憫。

必背金句

　　但是剩下的這些更可愛了。會搖尾巴，會學著大狗叫，跑起來在院子就是一小群。有時門口來了生人，牠們也跟著大狗跑去，並不咬，只是搖著尾巴，就像和生人要好似的，這或是小狗還不曉得牠們的責任，還不曉得保護主人的財產。

　　小狗滿院跑跳。我最願意看的是牠們睡覺，多是一個壓著一個脖子睡，小圓肚一個個的相擠著。

小黑狗

國家圖書館出版品預行編目資料

給青少年的36堂大師閱讀課：魯迅、周作人、郁達夫、老舍、蕭紅、朱自清……十八位現代文學大家的經典之作，暢談時代情懷與文化哲思 / 樂律大語文 著. -- 第一版. -- 臺北市：崧燁文化事業有限公司, 2024.09
面； 公分
POD版
ISBN 978-626-394-808-2(平裝)
855　　113012957

給青少年的36堂大師閱讀課：魯迅、周作人、郁達夫、老舍、蕭紅、朱自清……十八位現代文學大家的經典之作，暢談時代情懷與文化哲思

作　　者：樂律大語文
責任編輯：高惠娟
發 行 人：黃振庭
出　版　者：崧燁文化事業有限公司
發　行　者：崧燁文化事業有限公司
E - m a i l：sonbookservice@gmail.com
粉　絲　頁：https://www.facebook.com/sonbookss/
網　　址：https://sonbook.net/
地　　址：台北市中正區重慶南路一段61號8樓
8F., No.61, Sec. 1, Chongqing S. Rd., Zhongzheng Dist., Taipei City 100, Taiwan
電　　話：(02) 2370-3310　傳真：(02) 2388-1990
印　　刷：京峯數位服務有限公司
律師顧問：廣華律師事務所 張珮琦律師

-版權聲明-

本書版權為樂律文化所有授權崧燁文化事業有限公司獨家發行電子書及紙本書。若有其他相關權利及授權需求請與本公司聯繫。

未經書面許可，不得複製、發行。

定　　價：299元
發行日期：2024年09月第一版
◎本書以POD印製
Design Assets from Freepik.com